A l'ombre du bonheur

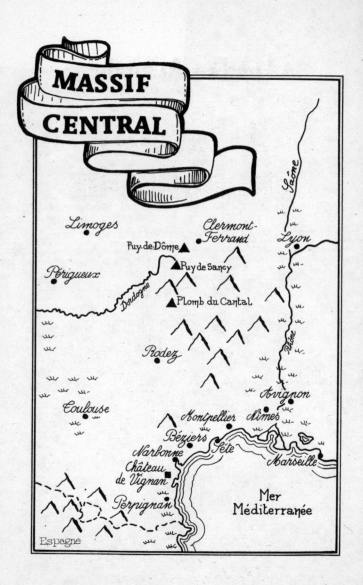

MARY CARROLL

A l'ombre du bonheur

Le temps d'un livre
Le temps d'un rêve

Titre original : *Shadow and Sun* (2)
© 1980, Silhouette Books
Originally published by SILHOUETTE BOOKS
a Simon & Schuster division of Gulf
& Western Corporation, New York

Traduction française de : Marie Robert
© 1982, Éditions J'ai Lu
31, rue de Tournon, 75006 Paris

1

Allongée sur l'herbe grasse et odorante d'un pré, Patsie Ryan contemplait avec un mélange de respect et d'irritation le château de Vignan qui se dressait, telle une sentinelle, au sommet d'une colline à quelques kilomètres d'elle. Les tours et les créneaux de l'édifice de pierre se découpaient sur le ciel bleu, comme une forteresse de sucre sortie tout droit d'un conte de fées. A cette différence près, songeait Patsie, qu'ici le châtelain devait être un ogre et non un prince.

Si Philippe d'Olemane avait été un homme de parole, elle serait en ce moment en train de photographier les trésors cachés derrière ces murailles, alors qu'elle devait se contenter de partager un pré avec trois vaches blanches dans ce beau coin de France, proche de la Méditerranée et de l'Espagne. Son budget ne lui permettait pas de séjourner ici plus d'une semaine et elle attendait depuis trois jours déjà.

D'Olemane se dorait au soleil de Majorque et rentrerait quand bon lui semblerait. C'était du moins ce que lui avait expliqué le gardien du château, guère surpris que son patron ne soit pas au rendez-vous fixé avec Sydney Fernham.

Bien évidemment, Patsie Ryan n'était pas Sydney Fernham, mais le gardien n'avait pas à le savoir. Il pouvait très bien penser que Sydney était un prénom féminin. Elle n'expliquerait qu'à Philippe d'Olemane pourquoi elle avait pris la place du photographe de *La Revue* et la raison pour laquelle c'était elle qui était en possession de sa lettre d'introduction.

Le pauvre Sydney, cloué sur un lit d'hôpital, les deux jambes brisées, aurait probablement envoyé au diable cordes et poulies s'il avait pu savoir que Patsie n'avait encore pris aucun cliché pour illustrer l'article qu'il devait rendre dans trois semaines, dernier délai.

Que faire? Impossible de pénétrer dans le château. Les deux superbes dobermans qui ne quittaient jamais le gardien le lui avaient fait clairement comprendre.

Elle soupira, se releva et d'un revers de main chassa quelques brins d'herbe restés accrochés à son pantalon de cheval. Quel dommage de n'avoir pas une monture pour justifier sa tenue! Pourtant, sous le soleil encore chaud de ce début d'automne, cette balade matinale à travers la campagne n'avait rien de désagréable, d'autant qu'aujourd'hui elle avait pensé à apporter de quoi pique-niquer.

Brusquement le ciel s'assombrit. Patsie leva les yeux et resta bouche bée. Ce n'était pas un nuage qui, pour l'instant, cachait le soleil, mais un énorme ballon rayé rouge et blanc qui, tel un papillon, descendait silencieusement vers elle. Dans la nacelle, un homme aux cheveux noirs, le bras posé sur les épaules d'une jeune fille blonde, aperçut Patsie. Il se pencha et lui lança un joyeux:

— Bonjour, mademoiselle!

Sa bouche était grande et sensuelle; une fossette marquait son menton volontaire. Sous des sourcils noirs, ses yeux brillaient de curiosité et son large sourire était follement séduisant.

Patsie eut l'impression qu'il lui aurait suffi de tendre le bras pour qu'on la hisse à bord. Elle sentit courir le long de son dos un picotement de plaisir. Quel délice de se laisser ainsi emporter dans les airs par un tel homme!

— Bonjour! cria-t-elle.

Mais il était trop tard. Le voyageur aérien ne pouvait déjà plus l'entendre. Elle ramassa son appareil-photo et réussit à prendre un cliché au moment précis où la montgolfière passait entre deux tours du château.

– Oh! Sydney, soupira-t-elle, attends un peu de voir ça!

– Un quart Perrier, s'il vous plaît.

Patsie sourit au garçon et s'installa à la terrasse de son hôtel. Les lumières de la ville dansaient sur les eaux du Têt qui coulait à ses pieds et le parfum des fleurs se mêlait à des effluves marins.

– Est-il possible, demanda-t-elle au garçon, que l'on sente jusqu'ici l'odeur de la mer?

Il n'eut pas le temps de répondre. Un homme d'une belle prestance, assis à une table voisine, lui ôta les mots de la bouche.

– Certainement, dit-il. La mer est à dix kilomètres et ce soir le vent souffle du large.

– Mais... vous êtes l'homme du ballon! s'exclama Patsie, stupéfaite et ravie.

Le sourire enchanteur qu'elle avait déjà remarqué cet après-midi illuminait le visage de son voisin.

– Je vous ai reconnue dès que vous êtes arrivée, dit-il.

Rien d'étonnant à cela! Elle glissa sous son drôle de petit bonnet une mèche folle qui s'en était échappée. Elle portait toujours son pantalon de cheval brun, sa chemise fripée et sa vieille veste de daim avec lesquels elle avait parcouru la campagne.

De retour en ville, elle avait flâné dans les rues et n'avait pas pris le temps de se changer. Quand elle avait décidé de dîner dans un petit bistrot des quais, cela ne lui avait pas paru nécessaire.

Mais maintenant, parmi les élégants clients de l'hôtel, elle devait faire figure de clocharde! Elle rougit. L'aéronaute qui, sans invitation, était venu s'asseoir à sa table, ne semblait pas s'en inquiéter.

– Je n'ai jamais rien vu d'aussi extraordinaire que votre ballon dans ce ciel bleu, balbutia-t-elle.

– Vraiment? Vous n'avez peut-être pas l'habitude des ballons?

– J'en ai déjà vu, se défendit-elle avec le sentiment d'être redevenue une petite fille. Mais jamais d'aussi près.

Le regard de son interlocuteur erra sur sa gorge avant de s'arrêter sur l'échancrure de son chemisier.

– J'aurais pu attraper votre béret, vous savez?

– Je sais.

Pourquoi était-elle si émue? Pourquoi son cœur battait-il à tout rompre? A cause de cet étranger indiscret et si sûr de lui? Dans une seconde elle allait se lever, lui dire bonsoir et le laisser seul.

Avec nonchalance, il s'enfonça confortablement dans son fauteuil puis enchaîna :

– Que faisiez-vous dans ce champ? Vous vous offriez un pique-nique, en solitaire?

L'ironie de ses propos la déconcerta encore un peu plus.

– Pas précisément, rétorqua-t-elle d'un air pincé. Je suis ici pour mon travail et à cause d'un grossier personnage, je perds mon temps.

– Et pour vous distraire vous vous baladez dans la campagne.

– Non, je déjeunais avant de rentrer en ville.

– Je vois... Voulez-vous un peu de vin?

– Non, merci.

Sans tenir compte de son refus, il appela le garçon :

– Un pichet de corbières, s'il vous plaît, et bien frais.

Patsie se leva.

– Vous partez? s'enquit-il les sourcils froncés.

– Il le faut!

– Mais j'ai commandé du vin.

Il rapprocha son fauteuil.

– Asseyez-vous, ordonna-t-il. Je veux en savoir plus sur ce malotru qui vous abandonne dans la campagne.

Il lui mit la main sur l'épaule et l'obligea à se rasseoir.

– Vous n'êtes pas française, n'est-ce pas?

– Non, je suis anglaise mais je travaille à Paris.

Elle était furieuse d'avoir cédé à ses instances.

On apporta le vin. Il le goûta et lui remplit son verre.

– Et que faites-vous dans la vie?

– Je... je suis photographe.

– Oh! Vous appartenez à cette triste corporation! fit-il avec une grimace.

Quel aplomb! Il aurait mérité une gifle...

– Vous avez quelque chose contre les photographes?

– Contre l'un d'eux seulement qui voulait à tout prix m'interviewer, dit-il d'un air las.

Qui était cet homme assis beaucoup trop près? Un aéronaute célèbre? Peut-être devrait-elle le connaître? Elle fut prise de panique.

– J'ai finalement cédé devant son insistance, poursuivit-il. Mais maintenant, je le regrette.

Elle le dévisageait toujours. S'il avait eu la courtoisie de se présenter, sans doute l'aurait-elle reconnu?

– Après tout, cela pourrait se passer très bien!

– Peut-être ne se montrera-t-il même pas...?

Son air renfrogné fit place à un petit sourire. Il leva son verre. Elle découvrit ses dents parfaitement rangées, d'une blancheur éclatante et admira ses cheveux noirs bouclés qui lui retombaient sur le front, ses traits réguliers, ses épais sourcils et son nez aquilin.

Elle le trouvait très séduisant et regrettait qu'il la traitât comme une gamine. Elle se redressa sur son siège.

– Je m'appelle Patsie Ryan. Je n'ai pas bien saisi votre nom.

Il ignora délibérément sa remarque et demanda :

– Ryan? Ne m'avez-vous pas dit que vous étiez anglaise?

– Oui, mais mon père était irlandais.

– Vous auriez dû être plus explicite et ne pas laisser un pauvre malheureux s'interroger sur l'origine de ces admirables yeux verts. Mais j'aurais dû me douter qu'ils venaient de l'île d'Emeraude.

Son sourire était désarmant.

– Ils viennent de Land's End. C'est là que je suis née.

Il jouait distraitement avec son verre.

– Vraiment? Laissez-moi deviner. Votre père était berger.

– Non. Marin.

Pourquoi ne s'était-elle pas mordu la langue? En quoi cela le regardait-il? Mais il paraissait sincèrement intéressé.

– Où embarquait-il?

– La plupart du temps à Plymouth. Je vivais avec ma tante.

– Pas avec votre mère? s'étonna-t-il, avec une certaine douceur dans la voix.

– Ma mère est morte alors que j'avais dix ans.

Peut-être était-ce un psychiatre. Il était si habile à vous faire parler.

Il se renfrogna brusquement.

– Moi, j'ai perdu la mienne à quatorze ans. Elle s'est enfuie avec un comte italien.

– Oh! comme c'est triste!

Il la fixa et son visage devint grave.

– On dirait que vous pensez ce que vous dites!

Elle rougit.

– Ça n'a pas dû être drôle!

– Ce n'était pas si terrible. En fait, je n'ai jamais tellement aimé ma mère.

– Vous n'aimiez pas votre mère! s'exclama-t-elle, stupéfaite. Mais c'est incroyable!...

– Vous aurez vécu deux nouvelles expériences dans la même journée, ajouta-t-il en riant. Un ballon est descendu si près de vous que l'aérostier aurait pu vous voler votre béret et vous avez pris un verre avec un homme qui n'aimait pas sa mère. Quand vous serez une grande fille, vous découvrirez qu'il y a, un peu partout dans le monde, pas mal de gens comme moi. Beaucoup plus que vous ne l'imaginez, en tout cas!

Elle repoussa brusquement son siège.

– Merci pour le vin.

– Mais vous ne l'avez même pas bu!

– Gardez-le. Trouvez donc quelqu'un de plus mûr que moi pour le boire avec vous!

Il sourit, se leva et la rattrapa par le bras. Son regard fascinant la troubla et son cœur se mit à battre la chamade.

– J'ai deux choses à me faire pardonner, à ce que je vois. D'abord, je vous ai crue beaucoup plus jeune que vous ne l'êtes et, ensuite, je vous ai obligée à me tenir compagnie. Pourrez-vous jamais l'oublier?

– N'en parlons plus.

– Mais si, au contraire.

A sa grande surprise, elle se retrouva assise.

– Une fois ou deux, poursuivit-il, j'ai côtoyé des gens courtois qui m'ont quelque peu appris à me tenir dans le monde. Donnez-moi une chance de vous le prouver.

Une lueur malicieuse brillait dans ses yeux.

– Il faut vraiment que je m'en aille.

– Pourquoi?

Elle retint son souffle.

– Et vous prétendez que vous avez de bonnes manières!

Il rejeta la tête en arrière et éclata de rire.

– Vous piquez autant qu'un cactus.

– Et vous, vous êtes l'homme le plus grossier que j'aie jamais rencontré.

– Sans aucun doute, concéda-t-il aussitôt.

Il lui saisit la main; elle tenta vainement de se dégager.

– Patsie Ryan, il me semble que jusqu'à présent vous avez vécu dans un cocon, dit-il doucement.

Rouge de colère, elle répliqua :

– Certainement pas! Dès l'âge de dix ans, je travaillais dans un café; croyez-moi, j'y ai vu toutes sortes de gens.

– Et vous serviez des sirops et des orangeades à vos clients?

Il parlait toujours aussi doucement et ne la quittait pas des yeux.

– Non! de la bière et du café. En énorme quantité. J'étais chargée de le moudre.

Il pencha légèrement la tête de côté et lui caressa la main.

– Pas possible! J'adore l'odeur du café fraîchement moulu.

– On s'en lasse, à la longue, répondit-elle malgré elle.

– Vous voyez comme notre conversation devient courtoise.

Exaspérée, elle soupira.

– Je me demande bien pourquoi nous en avons une!

– Pourquoi?... mais parce que dès que j'ai aperçu, du haut de ma nacelle, votre drôle de petite frimousse, je me suis juré de faire votre connaissance.

– Vous vous imaginez sans doute que je vais vous croire.

Comme elle aurait aimé le faire pourtant!

– Alors, quelle est votre explication? s'enquit-il.

– Vous étiez sur cette terrasse, vous vous ennuyiez et vous avez eu envie de vous distraire à mes dépens, voilà tout!

Un sourire éclaira à nouveau son visage.

– Et, en effet, je m'amuse énormément!

– Ce qui prouve que j'ai raison, répliqua-t-elle, vexée.

Il retourna la petite main qu'il tenait toujours dans les siennes et s'absorba dans la contemplation de sa paume.

– Vous croyez maintenant que je ne pourrais trouver personne d'autre avec qui me divertir?

Elle retira sa main et la dissimula sous la table.

– Je n'ai vu personne aux alentours.

– Alors, retournez-vous.

Une ravissante jeune fille, moulée dans une robe blanche, venait vers eux. Ses cheveux soyeux et dorés flottaient librement sur ses épaules et elle se déplaçait avec la grâce d'un chat.

– Margot, dit-il en réponse à l'interrogation muette de Patsie. Vous ne la reconnaissez pas?

– Comment le pourrais-je?

– Elle était avec moi cet après-midi.

12

Brusquement, Patsie se souvint qu'elle avait bien remarqué une jeune femme blonde dans la nacelle, mais elle n'y avait pas prêté attention, fascinée qu'elle était par le bel aéronaute.

– Elle n'apprécierait certainement pas d'apprendre que vous n'avez pas fait attention à elle, plaisanta-t-il avec un sourire de connivence.

– Alors, ne le lui dites pas.

– Margot Sainte-Croix, dit-il courtoisement, je vous présente la jeune fille du pré, Patsie Ryan.

Et il lui avança un siège.

La nouvelle venue jaugea Patsie.

– On dirait que vous venez de rentrer.

– De ma promenade ? C'est vrai, reconnut-elle en rougissant. J'aime flâner. (Elle se leva.) Je m'étais arrêtée juste un instant pour me rafraîchir avant de regagner ma chambre. Je suis enchantée d'avoir fait votre connaissance. Passez une bonne soirée, ajouta-t-elle avec un sourire contraint.

– Allez vous reposer, approuva l'homme aux yeux noirs et rieurs. Après une aussi rude journée vous devez être épuisée.

Qui donc était ce riche goujat qui se distrayait aux dépens des autres ? Patsie fulminait. Elle plaignait le photographe qui avait eu affaire à lui ! Et cette fille ! Elle était prête à parier qu'elle avait des griffes acérées et savait s'en servir ! De jolis personnages, d'insupportables snobs, dignes d'un roman à quatre sous ! Qui s'y intéresserait ?

Cependant elle ne pouvait chasser de son esprit l'image de cet inconnu... Pire, elle dut admettre qu'elle n'en avait aucune envie.

Elle s'approcha de la fenêtre et demeura un long moment à contempler la rivière qui brillait de mille feux. Le lourd parfum d'un bouquet de roses posé sur la commode l'entêtait ; consternée par le malaise intérieur qu'elle ressentait, elle se laissa choir dans un fauteuil.

Que faisait-elle ici, seule dans cette chambre d'hôtel, avec à peine quelques sous en poche, à attendre l'arrivée hypothétique d'un hobereau écervelé? Qu'avait-elle à faire d'une carrière? Tout ce qu'elle attendait de la vie, c'était quelqu'un à aimer, quelqu'un qui se réveillerait auprès d'elle tous les matins et qui la regarderait comme si elle était le plus précieux des trésors.

Elle n'était pas d'une beauté rare, bien sûr. Rien à voir avec cette élégante Margot. Toute petite, elle rougissait trop facilement et avait – comment avait-il dit? – une drôle de frimousse. Mais enfin elle était assez jolie pour que l'on soit fier de sortir avec elle! A moins, bien entendu, qu'elle ne se promène avec une culotte de cheval défraîchie et un chemisier froissé. Quel contraste avec Margot! Rien d'étonnant à ce que l'inconnu ne l'ait pas prise au sérieux.

Elle frissonna. Il avait des yeux fascinants, des yeux limpides et brillants qu'on ne pouvait oublier. Et ses mains! A la fois fortes et rassurantes... Avec quelle tendresse elles avaient pris les siennes! Son cœur se mit à battre plus fort. Elle alla s'appuyer au rebord de la fenêtre et ferma les yeux.

Elle se voyait à ses côtés, survolant la campagne. Mais son compagnon imaginaire était aimable et non sarcastique comme l'homme qu'elle venait de quitter. Il était galant et non grossier. Pour un peu, elle sentirait ses lèvres dans son cou, sur sa bouche. Des lèvres chaudes, douces, sensuelles... des lèvres amoureuses...

Le téléphone sonna.

Elle sursauta. Qui pouvait l'appeler à une heure pareille? Sydney? De l'hôpital?... A la seconde sonnerie, elle décrocha.

– Patsie?

Le ton était cassant, autoritaire.

– Qui est à l'appareil?

– Je bondis au-dessus des immeubles... Je suis plus rapide que le vent...

– L'homme au ballon! Etes-vous ivre?

Un joyeux éclat de rire résonna dans l'appareil.

– Mais non, voyons! Vous ne dormez pas encore?

– Vous auriez pu vous poser la question avant d'appeler!

Un profond soupir salua cette réponse peu aimable.

– Vous êtes la créature la plus susceptible de la terre! Ne riez-vous jamais?

– Mon sens de l'humour est proverbial!

– Je suis enchanté de l'apprendre.

– Que voulez-vous au juste? demanda-t-elle, exaspérée.

– Je me demandais ce que vous faisiez demain.

– Qu'est-ce que cela peut vous faire?

Il soupira à nouveau.

– Répondez à ma question.

– Je n'avais pas remarqué que vous m'en aviez posé une.

Un long silence suivit. Trop long. Son pouls s'emballa. Mon Dieu! Il n'avait pas raccroché, au moins?

– Mademoiselle Ryan?

Elle respira.

– Oui?

– Que diriez-vous d'une escapade à Marseille?

– A Marseille? Mais vous êtes fou!

– Ma chère enfant, des tas de gens y vont chaque jour. On a même construit des routes pour qu'ils s'y rendent plus commodément.

Malgré elle, elle rit, ce qui eut l'air de le réjouir :

– Enfin, vous vous déridez! Ne vous sentez-vous pas beaucoup mieux maintenant?

Elle ignora sa remarque.

– Je ne peux pas aller me promener comme ça, n'importe où. Je travaille, moi!

– Pas pour le moment. Vous me l'avez dit vous-même.

– Pas aujourd'hui, c'est vrai, mais j'espère que demain cela va changer! Sinon je vais devoir payer mon hôtel en faisant la plonge.

Son ton se radoucit aussitôt.

– Vous en êtes là? Puis-je vous être d'un quelconque secours?

Il avait presque l'air sincère.

– Non, je vous remercie. Je trouverai bien une solution!

Elle aussi était tout à coup plus aimable.

– Mais qui est ce grossier personnage qui s'ingénie à vous éviter? Dites-moi son nom que j'aille lui frotter les côtes.

Elle rit de nouveau.

– Ce serait certainement le meilleur moyen pour qu'il m'accueille à bras ouverts!

– Il ferait aussi bien! Sinon je me fais fort de découvrir les raisons de son refus!

– Je vous chargerais bien de vous occuper de lui, si seulement je savais où le trouver!

– Vous voyez bien! Comment voulez-vous travailler si vous ignorez où il se cache? Vous n'avez pas le choix. Il ne vous reste plus qu'à venir avec moi à Marseille, dit-il d'un ton persuasif.

– En ballon?

Elle plaisantait à peine.

– Je le voudrais bien, mais hélas, nous avons atterri sur un pommier!

– Oh, non!

– Une déchirure d'un mètre est là pour en témoigner.

Elle revoyait la belle montgolfière survolant fièrement la vallée.

– Mais c'est épouvantable!

– N'est-ce pas? Il y avait trop de vent, mais peu importe! Dans quelques jours, le malheur sera réparé. Et en attendant il nous reste l'automobile. Banale et un peu terre à terre, j'en conviens, mais néanmoins pratique.

– Je suis vraiment désolée, dit-elle, tout à fait sincère. Mais demain matin, je dois à nouveau essayer de mettre la main sur mon bonhomme.

– Quelle conscience professionnelle! Pourquoi ne faites-vous pas comme moi? Moi aussi j'ai un rendez-vous mais je ne me laisse pas détourner de mon plaisir pour autant!...

– Tant mieux pour vous! Malheureusement tout le monde n'a pas votre désinvolture.

Avait-il seulement perçu son ironie? Exaspéré, il soupira.

– Bon, soit! si vous tenez absolument à aller à sa recherche, je vous accompagnerai.

– Il n'en est pas question! Vous allez vous ennuyer à mourir!

– Essayez, vous verrez bien!

Le ton était si chaleureux, cette fois, qu'elle s'en émut. Elle imagina un instant son beau regard caressant.

– Mais...

– Si j'en juge par le temps que vous avez mis pour rentrer, ce doit être très loin, plaisanta-t-il à nouveau. Allons-y ensemble. Ainsi, vous aurez une chance d'être de retour à votre hôtel avant la nuit.

Elle accepta l'invitation en riant.

– Puisque vous insistez...

– A quelle heure dois-je venir vous prendre?

– 9 heures, ça ira? Mais... je ne sais même pas votre nom!

– Moi je connais le vôtre, ça suffit. Il est irlandais. Votre père était un marin tout à fait irrespectueux de la loi sur le travail des mineurs.

– Pourriez-vous être sérieux un instant? Votre amie nous accompagnera-t-elle?

– Margot? Sûrement pas. Elle est à Nice, du moins je l'espère. Un atterrissage forcé par jour c'est suffisant!

– Vous voulez dire qu'elle a pris l'avion pour Nice ce soir?

– En effet. Je l'ai conduite à l'aéroport. Elle a emporté des bagages pour un mois. Maintenant, vous feriez mieux de dormir. Sinon vous n'y verrez pas clair pour affronter votre ogre, demain. Faites de beaux rêves!

Quand elle raccrocha elle avait encore le son de sa voix au creux de l'oreille. Qu'avait donc cet homme de si irrésistible? Pourquoi était-elle si émue à la simple pensée de faire avec lui, demain, une promenade en voiture? Il était arrogant, caustique et mal élevé.

Elle respira à fond pour calmer les battements de son cœur. Il fallait reconnaître qu'il pouvait également se montrer charmant, presque tendre même. Quelle était sa véritable personnalité? Le saurait-elle jamais?

Tout au fond de sa conscience, un petit signal s'alluma : « Danger », clignotait-il.

2

– Je vous en supplie, ralentissez!

D'une main, Patsie se cramponnait à son béret et de l'autre elle s'accrochait désespérément à la portière de l'élégante petite Ferrari.

– Vous avez peur? demanda-t-il, un sourire illuminant son visage bronzé.

– Vous me glacez les sangs!

A l'hôtel, son cœur s'était emballé à la simple vue de l'élégant aéronaute dont le pantalon étroit et la chemise largement ouverte mettait en valeur la longue silhouette mince. Son regard l'intimidait et la ravissait tout à la fois. Mais à présent c'était la terreur qui lui donnait des palpitations : à chaque seconde, elle était convaincue que sa dernière heure avait sonné et qu'ils allaient sortir de la route.

Elle haussa le ton pour qu'il l'entende.

– Nous ne sommes pas pressés, vous savez. Il ne sera probablement pas là! Et s'il est rentré, il vaudrait mieux que je ne sois pas dans le fossé, le crâne fracassé.

Il rit mais leva le pied de l'accélérateur et descendit lentement vers la vallée embrumée.

– C'est mieux comme ça? demanda-t-il en la regardant.

– Beaucoup mieux, mais je ne suis pas près de m'en remettre, ajouta-t-elle, la main sur le cœur.

– Arrêtons-nous un moment, alors!

Il rangea sa voiture à l'ombre d'une haie de cyprès et coupa le moteur.

– Nous n'avons pas le temps de nous arrêter, dit-elle, mi-contrariée, mi sur l'expectative.

– Vous venez de m'expliquer que nous n'étions pas pressés.

Elle rougit.

– Mais nous n'avons pas assez de temps pour une halte.

Il contempla un moment son profil qui se découpait sur la vitre de la portière, puis, franchement amusé, déclara :

– Je crois bien que je vous effraie plus encore que ma manière de conduire!

– Certainement pas!

– Alors, peut-être avez-vous peur de vous-même?

– Quelle idée ridicule !

Elle qui espérait que son émotion n'était pas trop visible! Il était sans conteste l'homme le plus séduisant qu'elle eût jamais rencontré, mais il était parfaitement superflu d'alimenter son outrecuidance en lui montrant à quel point il la troublait.

– Vous ne vous rendez pas compte de l'importance que représente pour moi ce rendez-vous.

– Voilà tout le problème! Où a-t-il lieu? Si je me suis arrêté, c'est uniquement parce que je ne sais plus où aller. Il y a un embranchement un peu plus loin. Dois-je prendre à gauche ou à droite?

– Je vais au château de Vignan, dit-elle dans un souffle.

Il ouvrit la bouche comme s'il allait parler mais ne dit rien.

– Vous le connaissez?

– J'en ai entendu parler.

– Mais sauriez-vous vous y rendre? Moi, pas. Tout à l'heure vous avez tourné à gauche, alors que j'aurais fait le contraire, mais vous rouliez si vite que je n'ai pas eu le temps de vous le dire. Maintenant je suis complètement perdue.

– Je pense pouvoir trouver le chemin.

– Parfait. Qu'est-ce qu'on attend?

Il n'avait pas l'air de vouloir démarrer.

– Expliquez-moi d'abord pourquoi vous allez au château!

Patsie fronça les sourcils.

– Je vous l'ai déjà raconté. J'avais rendez-vous, il y a trois jours déjà, avec Philippe d'Olemane pour faire un reportage photographique sur sa demeure.

– Vous avez parlé d'un travail et d'un rendez-vous manqué. Mais vous n'avez mentionné ni le nom du château ni celui de Philippe d'Olemane.

Elle baissa les yeux.

– Vous le connaissez?

L'espace d'une seconde, il parut se troubler.

– Pourquoi me posez-vous cette question?

– Je ne sais pas... Peut-être à cause de la façon dont vous avez prononcé son nom.

– Il est plutôt connu, vous savez, répondit-il avec brusquerie.

Elle fit la moue.

– Oh! je sais. Et croyez-moi, il en profite. Ses grands airs me rendent malade!

Il se raidit.

– Que voulez-vous dire?

– C'est assez clair, me semble-t-il. Nous autres, pauvres manants, nous dépendons de son bon vouloir pour gagner notre vie et il n'a même pas la politesse d'être exact à ses rendez-vous. Pourrait-il trouver mieux pour manifester son mépris?

– Peut-être a-t-il été retenu?

– Mais vous le défendez, ma parole! s'exclama-t-elle, une flamme de colère dans les yeux.

– Il faut bien que quelqu'un le fasse, répondit-il, presque à voix basse. Il a pu lui arriver quelque chose, à ce pauvre homme!

– Je le croirai quand je le constaterai de mes propres yeux! Il est à Majorque et il s'amuse trop pour revenir, c'est tout! Et pendant ce temps-là, ce malheureux Sydney, cloué sur son lit d'hôpital, s'imagine que je fais son travail et que je me débrouille très bien!

– Sydney?

Il avait répété ce nom comme s'il venait de mettre enfin la main sur le dernier morceau d'un puzzle.

– Sydney Fernham, précisa-t-elle en rougissant. Comprenez-moi : il y a une petite tricherie dans mon affaire. C'est Sydney qui a obtenu ce rendez-vous, mais à présent il est immobilisé, et l'article et les photos doivent être sur le bureau du rédacteur en chef dans quelques semaines à peine.

– Attendez! Reprenez votre histoire depuis le commencement. Qu'est-il arrivé à Sydney?

– Il est allé faire du ski d'été et s'est cassé les deux jambes. Pas en skiant... Il est bêtement tombé d'un télé-siège.

– Continuez, ordonna-t-il avec un sourire contraint.

– Ecoutez! nous n'allons pas passer la matinée ici. Il est 9 heures et demie et...

Il la fixait de manière presque insoutenable.

– Nous avons tout le temps.

– Bon! (Elle hésita.) Sans doute vous dois-je, en effet, quelques explications puisque vous avez pris la peine de m'accompagner en voiture. Du moins puis-je vous raconter l'essentiel.

– Excellente idée!

Elle soupira.

– Eh bien, voilà : je suis employée par une entreprise de travail temporaire comme secrétaire et...

– Vous avez prétendu être photographe!

– C'est vrai, mais ce n'est pas mon métier; c'est plutôt un passe-temps... enfin... ça l'était, jusqu'à présent. Mais si je peux faire ce reportage...

– Le reportage de Sydney?

Le ton de son interlocuteur était assez agressif. Gênée, elle le regarda un moment avant de poursuivre.

– Comment puis-je me faire comprendre si vous m'interrompez à chaque instant?

– Mille pardons! dit-il sèchement.

Elle se détendit un peu. Elle aurait été encore plus à son aise si son genou ne l'avait pas frôlée!

– Sydney Fernham travaille comme journaliste à

La Revue. Il habite juste au-dessus de chez moi et parfois nous dînons ensemble.

– C'est votre petit ami?

– Absolument pas!

Elle était outrée. Récemment Sydney lui avait fait des avances, certes, mais pour rien au monde elle ne voulait que l'homme qui était assis à ses côtés puisse croire qu'elle avait des liens amoureux avec qui que ce soit. Du moins tant qu'elle ne savait pas exactement ce qu'elle éprouvait pour lui.

– Nous sommes de bons amis, c'est tout, précisa-t-elle. Il m'a appris à faire des photos. Des paysages, vous voyez ce que je veux dire... et je m'en sors assez bien.

Elle se recula légèrement. Il n'eut pas l'air de s'en apercevoir, ce qui la déçut un peu.

– J'ai l'œil, d'après ce que prétend Sydney. Je compose bien mes clichés. De sa part, c'est un immense compliment car c'est l'un de nos meilleurs professionnels. Donc, il y a deux mois...

Elle hésita. Elle avait la désagréable sensation que son compagnon ne s'intéressait plus du tout à elle mais seulement à ses propos.

– Il y a deux mois, répéta-t-il...

– J'ai fait un remplacement à *La Revue* et j'ai été enthousiasmée par la maison!

– Vous avez eu envie d'y avoir un emploi permanent.

Elle acquiesça de la tête.

– Mais pas n'importe lequel. Je voudrais être reporter-photographe. Et si Philippe d'Olemane était un peu plus coopératif, je pourrais avoir une chance.

– Et s'il ne vous reçoit pas?

– Je crois que je le tuerai!

– Peut-être dirait-il la même chose s'il vous entendait.

– Oh! je ne l'en blâmerais pas! répondit-elle, un éclair de malice dans les yeux. Personne n'aime être trompé. Mais s'il me laisse faire, il ne le regrettera pas. Je ferai du bon boulot. D'autre part... il doit bien ça à ses concitoyens.

– Que voulez-vous dire?

– Philippe d'Olemane, comte de Vignan, est l'heureux propriétaire d'un fabuleux château, l'un des plus beaux de France, et seuls quelques initiés de son milieu y sont reçus.

– Selon vous, demanda-t-il avec une sorte de tendresse dans la voix, c'est un beau château?

– Et comment! L'architecture, la décoration, les tableaux...

– Qu'est-ce que vous en savez?

– Je l'ai vu! dit-elle avec une drôle de mimique. Pas réellement... mais j'ai retrouvé une douzaine de vieilles photos. Je faisais des recherches pour *La Revue* et je suis tombée par hasard sur un article décrivant un dîner officiel dans cette somptueuse demeure... Voyons, quand donc était-ce?

– En avril, l'année dernière.

Etonnée, elle sourcilla.

– C'était dans tous les journaux de l'époque, répondit-il vivement.

– Ah, oui? Je n'avais pas remarqué. Mais à ce moment-là je n'étais pas encore intéressée...

– Pourquoi l'êtes-vous maintenant?

– Je vous l'ai déjà dit. Au printemps dernier, on a demandé à Sydney de faire un papier sur un château, n'importe lequel. Et qu'avait-il choisi? Chenonceaux! Vous vous rendez compte! Tout le monde connaît Chenonceaux. Il lui fallait du jamais vu, du spectaculaire!

– Et vous lui avez suggéré d'offrir à ses lecteurs une « visite » au château de Vignan, déclara-t-il en la regardant avec une certaine admiration.

Elle rit joyeusement.

– Oui! Mais il a eu les pires difficultés à obtenir un rendez-vous. Philippe d'Olemane est l'homme le plus obstiné qui soit.

– Peut-être M. d'Olemane tient-il à préserver sa vie privée? remarqua-t-il avec un petit sourire.

– Sans aucun doute. Mais il n'en a pas tout à fait le droit. Pas à ce point-là, en tout cas. Et si vous voulez mon avis, le gouvernement devrait lui prendre son château. Tout le monde pourrait ainsi en profiter et pas seulement quelques snobs prétentieux!

– Comme dans votre pays où les châteaux appartiennent au National Trust? demanda-t-il avec une apparente indifférence.

– Oui. Et ceux qui sont encore la propriété de particuliers sont ouverts au public. On vient du monde entier pour les visiter.

Il ne fit aucun commentaire, et, poussée à la confidence par l'attention soutenue qu'il lui accordait, elle continua :

– Si je réussis à faire ce reportage, Sydney interviendra pour moi auprès de la direction de *La Revue* et peut-être alors m'engagera-t-on? C'est un magazine très influent, vous savez... et si je lui mets la puce à l'oreille...

– Vous voulez dire que vous mobiliseriez l'opinion pour obliger Philippe d'Olemane à abandonner son château?

– Pourquoi pas? dit-elle, les yeux brillants.

Il la considéra un moment puis, brusquement, remit le contact et démarra. A nouveau les champs, les barrières, les arbres défilèrent à une allure vertigineuse.

Quand ils prirent un virage sur les chapeaux de roues, elle hurla :

– Qu'est-ce qui vous prend? Vous voulez vraiment nous tuer?

– Non, cria-t-il, je veux seulement que vous soyez à l'heure à votre rendez-vous.

– Dieu veuille que je sois encore en état d'y assister!

Trois poules blanches échappèrent de justesse à la mort et se sauvèrent en caquetant.

– S'il vous reste encore deux sous de raison, s'époumona-t-elle encore, je vous conseille de ralentir avant d'arriver au château, sinon le gardien va vous tirer dessus.

Un muscle de son visage tressauta.

– Vous le croyez vraiment?

– J'en suis sûre! Attention! Voilà la grille, hurla-t-elle d'une voix suraiguë.

Elle eut juste le temps d'apercevoir l'homme et ses deux dobermans avant de sursauter au son d'un coup de klaxon tonitruant. Le portail s'ouvrit comme par enchantement et la Ferrari poursuivit sa course effrenée. Enfin, dans un crissement de gravier et un effroyable grincement de freins, elle stoppa net devant le château.

Patsie était terrorisée et si en colère qu'elle ne vit même pas où ils étaient. Elle ne songeait qu'à l'invectiver.

– Vous n'êtes qu'un assassin! Vous auriez pu nous tuer tous les deux.

Il coupa le contact et, avec le plus grand calme, la rassura :

– Mais non! Pas un seul instant nous n'avons été en danger!

– Vous êtes aveugle... ou stupide. Nous aurions pu nous écraser contre le portail. Je me demande comment nous l'avons évité.

– Au son de mon klaxon, un mécanisme se met en marche et la grille s'ouvre, précisa-t-il d'une voix impersonnelle.

Médusée, elle ouvrit la bouche mais aucun son n'en sortit.

– Vous... vous... êtes... Philippe d'Olemane!

– Comment avez-vous deviné? Quelle perspicacité!

Il sortit de la voiture, fit quelques pas, puis, de loin, lui lança :

– Si vous souhaitez réellement tenir les engagements de votre ami, vous feriez bien de vous dépêcher : vous avez déjà trois jours de retard!

3

– Pourquoi ne m'avoir rien dit? C'est révoltant!

Patsie et Philippe d'Olemane étaient assis face à face dans le jardin d'hiver. On leur avait apporté du thé et des pâtisseries fort appétissantes. Mais la jeune fille, folle de rage et très vexée, ne pouvait rien avaler. Lui, au contraire – et c'était peut-être le pire –, avait l'air de beaucoup s'amuser de son embarras.

Elle le regarda. Comment avait-elle pu le trouver séduisant? Et dire que la veille au soir ses yeux lui paraissaient doux, limpides et chaleureux! C'était un monstre!

– Sans doute ne vous est-il pas venu à l'esprit que de nous deux, celui qui devrait se sentir offensé, c'est moi, remarqua-t-il tranquillement.

Mais pour qui la prenait-il? Pour une imbécile? Elle y avait pensé, bien sûr! Sinon, pourquoi serait-elle si mal à l'aise, si ennuyée? Jamais il ne lui accorderait d'interview ni l'autorisation de photographier le château! Et il était trop tard maintenant pour envisager de faire un autre reportage. Dans cette aventure, Sydney risquait de perdre son emploi!

– Mais l'auteur de ce malentendu, c'est vous!

– C'est tout ce que vous avez trouvé pour votre défense?

– Mais c'est la vérité! C'est vous qui m'avez fait parler. Ce n'est pas ma faute si vous avez subi un choc en retour!

Il se leva brusquement et posa sa tasse.

– Qui a trompé l'autre? Vous!

– Je n'ai trompé personne.

– Ah non? Ne vous êtes-vous pas présentée à mon gardien sous le nom de Sydney Fernham? N'était-ce pas une tricherie? Vous m'avez déclaré vous-même qu'il y avait eu usurpation d'identité!

– Usurpation? vous exagérez. J'ai parlé d'une petite supercherie. Mais à aucun moment vous ne m'avez donné une chance de vous expliquer que j'avais l'intention de dire toute la vérité à Philippe d'Olemane dès que je l'aurais rencontré.

– Pourquoi vous croirais-je? Vous avez menti une fois...

– Seulement pour que votre gardien me laisse entrer!

Si au moins elle parvenait à lui faire admettre

qu'elle était sincère, peut-être parviendrait-elle à se sortir du pétrin dans lequel elle s'était fourrée.

– Pensez-vous vraiment, poursuivit-elle, que votre gardien m'aurait écoutée si je lui avais raconté l'histoire de l'accident de Sydney?

Un semblant de sourire apparut sur les lèvres de Philippe d'Olemane, mais elle n'y prit pas garde, trop impressionnée par ses sourcils froncés et son regard sévère. Elle continua précipitamment:

– Une fois débarrassée de cet homme et de ses deux abominables chiens, je me serais présentée ouvertement. Je n'ai nul besoin de me faire passer pour Sydney. Mon dossier de photos prouve clairement ce dont je suis capable.

Essayant d'imiter sa voix et ses intonations, il répéta ce qu'elle lui avait dit dans la voiture:

– Des paysages... vous voyez ce que je veux dire...

Elle le fusilla du regard.

– Par exemple. Je vous aurais fourni la preuve de ma compétence avant de commencer mon travail.

– Et où est-il? demanda-t-il en regardant innocemment autour de lui.

– Quoi?

– Ce dossier.

Elle rougit.

– A l'hôtel, naturellement. Je n'allais pas m'encombrer d'une lourde serviette alors que je venais ici à pied.

– Mais aujourd'hui vous avez fait la route en voiture.

Elle rougit encore davantage.

– Je l'ai oublié.

– Oublié? répéta-t-il d'un air sceptique. Je croyais que c'était un jour capital, le jour J! Une question de vie ou de mort, si j'ose dire!

Elle se leva avec tant de fébrilité qu'elle faillit renverser le plateau du thé.

– Si seulement vous acceptiez de m'écouter! Mais cela vous est tout à fait égal de vous montrer juste ou non!

Ce mot sembla le choquer plus que tout le reste.

– Juste! Donnez-moi seulement une raison pour laquelle je devrais l'être!

Il s'avança vers elle, l'air menaçant. Elle recula, consternée. En dépit de sa fureur, un parfum d'eau de toilette la troublait plus qu'elle ne l'aurait voulu.

Comptant sur ses doigts, il fit l'inventaire de ce qu'il avait à lui reprocher:

– Vous avez persuadé votre ami Sydney de me harceler jusqu'à ce que je lui accorde un rendez-vous. Vous êtes venue ici sous un prétexte fallacieux. Vous m'avez traité d'obstiné et de snob prétentieux, me déniant le droit de défendre mon intimité ou de préserver un château qui appartient à la famille depuis six siècles. Et, comme si tout cela n'était pas suffisant, vous envisagez, au cas où votre reportage serait accepté, de tout faire pour lancer une campagne pour me discréditer. Ne venez pas me demander en plus de vous traiter avec justice!

Paralysée par la véhémence de ses propos et par le sentiment de sa culpabilité, Patsie fit machine arrière.

– Je n'aurais pas réellement lancé de campagne contre vous. Je n'y avais jamais songé avant de vous en parler.

– Mais l'idée vous a paru intéressante!

– Je plaisantais! Vous ne l'avez pas senti? Et vous qui m'accusez de ne pas avoir le sens de l'humour!

Au souvenir du ton badin de leur conversation de la veille, ils demeurèrent silencieux un moment.

Elle reprit la parole la première.

– Si seulement nous étions allés à Marseille! J'aurais découvert qui vous étiez et tous ces désagréments nous auraient été épargnés!

– Et votre petite comédie aurait réussi! rétorqua-t-il.

Sous le sarcasme elle retrouva son agressivité:

– Et comment aurait-elle réussi? M'auriez-vous pardonné de m'être fait passer pour Sydney Fernham? Si vous aviez pu me le pardonner après être allé à Marseille, pourquoi est-ce impossible maintenant?

– Je sais trop de choses sur vous à présent.

Tant de suffisance la mit hors d'elle.

– Vous ignorez tout de moi! Vous me prenez pour une menteuse et une tricheuse; or, je ne suis ni l'une ni l'autre!

– Vous avez tout fait pourtant pour m'en convaincre!

– Et cela vous arrange! Vous voulez garder votre château pour vous tout seul. Vous ne pouvez supporter l'idée qu'un étranger n'appartenant pas à votre monde puisse jeter un coup d'œil sur votre admirable escalier ou le cuir de Cordoue qui recouvre vos murs. Toutes ces corniches, ces moulures ravissantes perdraient leur prix si une pauvre provinciale les apercevait.

Il l'observait attentivement.

– Comment savez-vous qu'il y a du cuir de Cordoue?

– Même au fin fond de l'Irlande, les enfants apprennent à lire, rétorqua-t-elle avec dignité.

– Les enfants lisent des contes de fées. Ils se moquent de savoir si les murs sont recouverts en cuir de Cordoue ou non!

Tout à coup Patsie sentit sa colère s'apaiser. Tournant le dos à son compagnon, elle se mit à contempler la campagne environnante, toute dorée sous le soleil automnal. Que n'était-elle chez elle, en Irlande, et que n'entendait-elle le rassurant grincement du moulin à café au lieu de la voix cassante de Philippe d'Olemane!

– Jusqu'à présent, vous avez été le centre de notre entretien, disait-il. Si je vous expliquais comment il se fait que je sois ici, aujourd'hui?

– Vous êtes arrivé en ballon, répondit-elle tristement sans se retourner.

– En effet!

La voix était cinglante et si proche qu'elle comprit qu'il avait traversé la pièce et se tenait debout derrière elle.

– Au risque de me rompre les os, ajouta-t-il.

– Vous pouviez prendre le bateau! (Elle fit volte-face et le dévisagea.) Comme vous me l'avez si aimablement fait remarquer, des tas de gens le font chaque jour!

Avant même qu'elle ait fini sa phrase, il la saisit par les épaules.

– Je vais m'expliquer et je vous jure que vous allez m'écouter!

Jamais elle n'avait vu personne aussi en colère. Elle avala péniblement sa salive.

– Un ballon n'est pas un jouet! On ne peut pas le ficeler et le fourrer dans une valise à la dernière minute. On ne peut pas non plus s'en servir n'importe comment ou n'importe quand. Pour se déplacer, il a besoin de vents portants, soufflant à une certaine vitesse.

A chaque mot, sa colère paraissait augmenter.

– Il y a trois jours, les conditions atmosphériques étaient mauvaises. Le lendemain aussi et le surlendemain également. Mais comme j'avais rendez-vous avec un Parisien stupide et que je n'ai pas l'habitude de négliger mes engagements, j'ai décidé de partir, à mes risques et périls!

Elle mourait d'envie de lui faire remarquer qu'il n'avait pas paru se soucier de ce rendez-vous quand il lui avait proposé d'aller à Marseille, mais elle n'osa pas.

– Nous avons eu beaucoup de chance, Margot et moi, de nous retrouver dans un pommier. Nous aurions pu tomber en mer!

Ce discours, dramatisé à dessein, sans doute, fit une forte impression sur Patsie, mais elle s'efforça de se ressaisir.

– Et cela aurait été ma faute, probablement?

– Non! lança-t-il toujours aussi sèchement. Pas la vôtre, la mienne, parce que j'accorde inutilement de l'importance à un rendez-vous qui n'a d'autre objet que d'assurer votre réussite!

Elle parvint à se dégager de son emprise. Ses joues étaient en feu.

– Je suis navrée que vous et Margot ayez pris tant

de risques pour moi. Navrée aussi que votre ballon soit endommagé et que vous ayez dû écourter votre séjour à Majorque! Mais je ne regrette absolument pas de ne pouvoir faire mon reportage. Pour rien au monde je ne voudrais passer trois jours en votre compagnie, quand bien même on m'offrirait la direction de *La Revue*!

A ces mots, elle prit sa veste sur une chaise et fit mine de s'éloigner. Il la rattrapa au moment où elle atteignait la porte.

– Un instant, s'il vous plaît!

– Qu'y a-t-il encore? gronda-t-elle. Je n'ai pas assez pleuré sur votre sort?

Il ignora le sarcasme.

– Rien ne sert d'épiloguer pendant des heures pour savoir pourquoi et comment nous sommes ici, dit-il très calmement. Nous allons nous rasseoir, si toutefois vous pouvez dominer votre sale caractère...

Elle ouvrit la bouche, mais il ne lui laissa pas le temps de formuler une quelconque objection.

– ... et réfléchir à la manière dont vous pouvez mener à bien votre projet.

– Il n'y a plus aucun projet!

– Je vous conseille pourtant de vous y cramponner! rétorqua-t-il d'un ton sans réplique en l'obligeant à prendre un siège.

Quand il se fut assuré qu'elle ne bougerait pas, il se versa une seconde tasse de thé et lui demanda posément :

– Que vous proposiez-vous de faire ici?

– Vous ne parlez pas sérieusement? balbutia-t-elle, totalement incrédule. Après ce qui vient de se passer, comment voulez-vous que nous travaillions ensemble?

Une petite lueur brilla dans les yeux de son interlocuteur.

– Au moins, les choses sont claires maintenant!

– Etes-vous en train de me dire que vous acceptez d'être interviewé et que vous m'autorisez à faire des photos?

– En effet. J'entends respecter les engagements

que j'avais pris envers Sydney Fernham et, puisque vous le représentez, j'espère que vous en ferez autant.

Stupéfaite, incapable de proférer un mot, Patsie ne bougeait pas.

Finalement elle murmura :

— Je ne suis pas sûre d'avoir le temps de faire un travail convenable.

— Vous avez jusqu'au milieu du mois prochain, tout au moins c'est ce que vous m'avez dit.

— Vous ne pourrez jamais vous mettre dans la tête, répondit-elle froidement, que je n'ai pas les moyens de rester à Perpignan plus d'une semaine et qu'elle est déjà fortement entamée !

— C'est ma faute. Aussi vous rembourserai-je tous les frais qu'entraînera la prolongation de votre séjour. D'autre part, poursuivit-il sèchement, comme je tiens à ce que ce reportage soit parfaitement réussi, je vous serais reconnaissant de ne pas vous bousculer !

Ainsi, tout n'était peut-être pas encore perdu pour Sydney et pour elle, à condition de parvenir à manier cet homme en douceur. Incontestablement, il se prenait pour un dieu !

— Je me porte garant de la qualité, promit-elle froidement.

— Parfait ! Tout est réglé, alors. Vous désirez commencer ce matin ?

— Je... oui...

Rêvait-elle ? Cinq minutes plus tôt il était sur le point de la brutaliser et maintenant il lui offrait de se mettre au travail !

— Mais avant de prendre des photos, je dois me familiariser avec le château.

Elle avait parlé avec le plus d'assurance possible dans l'espoir de reconquérir un peu de son prestige.

— Très bien. (Il se leva.) Je vais prévenir le personnel.

Elle hésita :

— ... Vous... vous êtes très aimable...

Il la dévisagea. Et une fois de plus elle prit

conscience de l'effet de son regard sur elle. Elle se passa la langue sur les lèvres.

– ... J'espère que vous me pardonnerez... ma maladresse...

Un instant elle redouta qu'il n'accueillît ses excuses avec ironie, mais il se contenta de la regarder fixement.

– J'ai été assez impoli moi-même! déclara-t-il, courtois. Oublions tout cela, voulez-vous?

– Je ne demande pas mieux...

Elle se tut et attendit. Son charmant sourire allait-il réapparaître? Allaient-ils à nouveau être sur un pied d'égalité comme au début de la matinée?

Mais il s'éloigna, ramassant au passage une pile de lettres posées sur une console. S'apercevant qu'elle n'avait pas bougé, il l'interrogea :

– Y a-t-il autre chose que je puisse faire pour vous?

Elle rougit.

– Je... Non, merci! Enfin... je me demandais... Y a-t-il une partie du château que vous souhaitiez me voir visiter en premier?

Un instant il eut l'air contrarié.

– C'est votre article! Faites comme bon vous semble.

Et, sans plus faire attention à elle, il commença à décacheter son courrier.

4

Patsie passa le reste de la matinée à errer sans but le long des corridors, prêtant à peine attention aux appartements somptueux sur lesquels elle jetait un rapide coup d'œil.

Elle ne pensait qu'à une seule chose : la froideur avec laquelle Philippe d'Olemane avait pris congé d'elle. A la façon dont il l'avait traitée, elle ne comptait pas plus qu'un grain de poussière! Etait-ce pour cela qu'il l'avait autorisée à poursuivre son projet? Pour pouvoir à chaque instant l'humilier? Etait-ce en l'ignorant qu'il comptait se venger des stupidités qu'elle lui avait dites?

Elle s'assit sur une causeuse recouverte de brocart en haut de l'escalier de chêne et regarda tristement les balustres sculptés. Quel besoin avait-il de la rabaisser? Elle s'en était chargée toute seule. Quelle présomptueuse petite idiote elle avait dû lui paraître lorsqu'elle lui avait confié qu'elle souhaitait qu'on lui confisque son château! Et quand elle l'avait traité de snob prétentieux! Pour couronner le tout, elle avait osé affirmer être aussi bonne photographe que Sydney!

Elle baissa les yeux vers l'appareil posé sur ses genoux. Son propriétaire était un véritable artiste; Patsie savait tout juste charger le film et appuyer sur le déclencheur. Si Sydney n'avait pas découvert son intérêt pour la photo, elle ne serait pas dans un embarras pareil en ce moment!

Juste en face d'elle, de l'autre côté du palier, était accroché le portrait d'un personnage en costume d'apparat. « Je ne mérite pas d'être ici, songea-t-elle lamentablement. Je devrais être en train de taper des lettres dans les obscurs bureaux d'une petite entreprise parisienne! »

Elle laissa échapper un profond soupir.

– Déjà fatiguée?

Surprise, elle tourna la tête. Philippe d'Olemane se tenait debout à la porte de la bibliothèque. Devant cette apparition inattendue, elle eut du mal à retenir un cri d'admiration. Il était si beau, si élégant dans son costume de cheval. Sa chemise largement ouverte laissait entrevoir son torse bronzé et mettait en valeur sa large carrure.

– Oui, reconnut-elle, un peu; mais accablée surtout!

Elle pria le ciel qu'il ne comprît pas exactement ce qu'elle entendait par là! Il fit quelques pas vers elle et une étrange émotion s'empara de Patsie. Il faisait corps avec son château! Il était tellement distingué, tellement racé! En d'autres temps il aurait pu être roi.

– Tout est encore plus fabuleux que je ne l'imaginais! s'exclama-t-elle avec exaltation.

Elle se reprocha sa fébrilité. Aucun homme, jamais, ne l'avait troublée à ce point!

Les sourcils froncés, il l'observait.

– Avez-vous décidé par où vous commenceriez votre reportage?

L'esprit en déroute, elle saisit la première idée qui lui passa par la tête :

– Le donjon, dit-elle.

– Le quoi?

Elle se leva d'un bond.

– Si vous y voyez un inconvénient, je peux choisir autre chose.

– Non, non. C'est une excellente idée. Après tout, s'il n'y avait pas eu de donjon pour nous protéger de nos ennemis, sans doute ne serions-nous pas ici en ce moment! Peut-être est-ce à cela que vous avez pensé? demanda-t-il en la fixant intensément.

Elle s'était effectivement fait cette réflexion devant l'énorme tour, mais elle ne voulait pas risquer un nouveau conflit.

– Je n'y avais pas pensé, dit-elle.

Elle se rendit tout de suite compte que sa réponse ne lui avait pas plu et perdit courage.

Mais quand il reprit la parole, il n'y avait plus trace de colère dans sa voix, plutôt une sorte de résignation :

– Lors de notre première rencontre sur la terrasse de l'hôtel, vous m'avez fait l'effet d'être une petite Irlandaise effrontée et enthousiaste, fort peu préoccupée de l'opinion d'autrui.

Il avait bien dit « effrontée »! Elle était au désespoir.

– Notre conversation au téléphone et celle de ce matin dans la voiture m'ont confirmé dans cette opinion. De même tout à l'heure... Puis, peu à peu, vous m'avez révélé un autre aspect de votre caractère. Votre subite humilité confine à la basse flatterie!

Il lui tourna le dos et descendit lentement l'escalier. A mi-chemin, il s'arrêta et précisa avec nonchalance :

– Le déjeuner sera servi dans une demi-heure sur la terrasse. Vous y êtes conviée.

Dès que Patsie fut un peu remise du choc provoqué par ces critiques blessantes, elle eut du mal à contenir sa colère.

– Quel insolent! murmura-t-elle entre ses dents en traversant à grandes enjambées le hall immense et en brandissant son appareil-photo comme une épée. Quel toupet! M'accuser d'être obséquieuse! Autant dire d'une répugnante soumission! Soumise, moi!... Jamais de la vie! Pour qui se prenait-il pour piétiner aussi cyniquement sa sensibilité?

Ah! il la provoquait! Eh bien, elle se ferait un devoir de lui montrer combien elle pouvait être odieuse si elle s'en donnait la peine! Il se fatiguerait le premier de son mauvais caractère et viendrait la supplier d'être un peu plus conciliante! Il était plus grossier qu'un garçon d'écurie – dont il n'avait même pas le bon sens – et il était incapable de faire la différence entre des regrets sincères et de la flagornerie. Il n'était qu'un rustre!

Mais peu à peu sa rage fit place au désespoir. Elle se laissa tomber sur le premier siège venu, au bord des larmes. Il n'aurait certainement pas réussi à la blesser à ce point si elle n'avait pas été si attirée par lui, si elle avait pu oublier, ne fût-ce qu'un moment, l'effet qu'il avait produit sur elle quand elle l'avait vu apparaître dans son ballon! Elle refoula ses pleurs et soupira. Ça lui ressemblait tout à fait de s'éprendre d'une brute!

Elle sursauta. S'éprendre! Tout tournait autour d'elle! Les épais murs du château se dissolvaient comme un mirage. Amoureuse? C'était impossible! Elle le détestait! Mais alors, pourquoi était-elle si bouleversée? Habituellement, comme l'avait deviné Philippe, elle ne se souciait pas le moins du monde de ce que l'on pensait d'elle. Et cette fois, tout ce qu'il lui avait dit la faisait terriblement souffrir. Elle réprima un sanglot. Que faire? Quelle attitude adopter? Se sauver? Sauter dans le premier train pour Paris. Et Sydney? Il comptait sur elle! Et ses espoirs d'entrer à *La Revue*?

Au diable ce poste de journaliste! pensa-t-elle avec colère. Elle n'en voulait pas! Ce qu'il lui fallait c'était un mari, une maison, des enfants. Mais à moins de se résigner à mettre une petite annonce ou à accepter les avances de Sydney qu'elle considérait plutôt comme son jeune frère, elle semblait destinée à vivre seule le reste de ses jours. Jamais Philippe d'Olemane ne tomberait amoureux d'elle! C'était évident! Pire! maintenant, elle lui faisait horreur. Comment pouvait-elle demeurer plus longtemps sous son toit dans de telles conditions?

Que ressentait-elle réellement à son égard? Elle le haïssait, ou du moins détestait son manque de sensibilité, son insolence, sa superbe.

Et pourtant... quand elle se rappelait la façon dont il avait tenu sa main dans les siennes... le trouble qu'elle avait éprouvé quand son genou l'avait frôlée... Elle en était toute retournée. Pourquoi? Elle ne le comprenait pas.

Quelle folie! Elle délirait, influencée malgré elle par l'atmosphère romanesque du château. Elle connaissait Philippe d'Olemane depuis à peine vingt-quatre heures! Quant au coup de foudre, elle n'y croyait pas!

Mais jamais auparavant, Patsie n'avait rien ressenti de semblable. Qu'il s'agisse d'attirance physique, d'amour – ou des deux à la fois –, cela éveillait en elle des sentiments qu'elle ignorait jusqu'à présent.

Vulnérable comme elle l'était, en ce moment, elle ne saurait supporter une nouvelle discussion comme celle qu'ils venaient d'avoir. La sagesse lui conseillait de mettre au plus vite le plus de distance possible entre elle et lui. Et pourtant, elle n'avait aucune envie de partir.

Que faire alors?

Elle demeura assise un long moment, les yeux rivés sur le dallage du hall. Elle était prise au piège.

Peu à peu elle comprit que la seule solution était de se réfugier dans la froideur. Une faible lueur d'espoir s'infiltra dans son âme engourdie.

Si elle arrivait à cacher ses sentiments au plus profond de son cœur... Si elle parvenait à ne pas se trahir, peut-être alors aurait-elle une chance de partir d'ici sans que son orgueil en souffre.

Après tout, combien de temps cela durerait-il? Une semaine, dix jours tout au plus. En présence de Philippe d'Olemane elle serait un modèle d'efficacité et de politesse, comme lorsqu'elle faisait un remplacement dans un bureau parisien. N'importe qui peut jouer la comédie pendant une semaine ou deux.

D'autre part, elle aurait des moments de répit. Elle rentrerait à l'hôtel tous les soirs et pourrait alors se laisser aller sans risque d'être critiquée.

Elle se leva, toute confiante. Elle s'en sortirait.

Ce déjeuner lui donnerait l'occasion d'impressionner Philippe par son nouveau comportement et d'effacer la triste image qu'il avait d'elle.

Elle gagna rapidement la terrasse. Un petit sourire impénétrable aux lèvres, elle ouvrit la porte-fenêtre, impatiente de se mettre à l'épreuve.

Une légère brise s'était levée et la vallée resplendissait sous le soleil automnal. Au loin, dans une brume dorée, Patsie aperçut un cavalier qui caracolait avec élégance.

Elle s'approcha de la balustrade et mit sa main en visière devant ses yeux. Ce n'était pas... mais si, c'était Philippe! Elle se retourna vivement et jeta un coup d'œil vers la table dressée sous un parasol : il n'y avait qu'un seul couvert.

Toutes ses résolutions s'évanouirent. Ainsi, il ne déjeunerait pas avec elle. Elle aurait dû se douter que l'orgueilleux seigneur des lieux ne daignerait pas s'asseoir à la même table qu'une vulgaire photographe!

Dommage qu'il n'ait pas eu la même attitude à l'hôtel l'autre jour! songea-t-elle amèrement. Il se serait épargné bien des tracas. Au lieu de cela, il avait condescendu à s'abaisser à son niveau. Sa gorge se serra. De toute façon, il ne la connaissait pas, alors, sous son vrai jour, comme il l'avait si bien dit.

A nouveau elle tourna son regard vers la campagne environnante. Le cavalier et sa monture se préparaient à sauter une barrière. Instinctivement, elle prit son appareil photographique. Se souvenant de la violence avec laquelle elle l'avait secoué en arpentant le hall, elle se demanda si elle ne l'avait pas abîmé. Tout compte fait ce serait une excellente excuse pour ne pas faire le reportage et oublier le détestable comte de Vignan et son château!

Mais un rassurant déclic se fit entendre.

Elle soupira, reposa son appareil et, appuyée à la balustrade, admira l'aisance et l'élégance avec lesquelles Philippe passait l'obstacle et s'éloignait au galop.

5

5 heures sonnaient à la pendule Louis XIII du hall quand Patsie y entra. Elle avait passé une bonne partie de son après-midi dans le donjon, puis avait photographié les petits appartements du dernier étage. Elle y avait découvert des escaliers dérobés, des panneaux coulissants à secret et des cachettes où les rebelles devaient trouver refuge.

Elle était fatiguée, mais ses yeux brillants et ses joues roses dissimulaient sa lassitude. Son travail l'avait transportée des siècles en arrière et, quand elle aperçut Philippe d'Olemane, debout au bas de l'escalier, les mains dans les poches, elle se rendit compte qu'elle n'avait pas pensé à lui une seule fois au cours des dernières heures. Peut-être après tout ne serait-il pas aussi difficile que ça de travailler au château.

— C'est terminé pour aujourd'hui? demanda-t-il.

Sur sa chemise claire, il avait passé une veste de daim fauve. A sa bonne mine et à l'odeur de campagne qui se dégageait de sa personne, elle devina qu'il avait passé un après-midi au grand air.

– Je crois que j'ai fait quelques bons clichés.

– Du donjon?

– Et des appartements, à côté.

Il aurait été plus facile de s'en tenir à ses bonnes résolutions, s'il ne l'avait pas regardée avec cet air approbateur, songea-t-elle, consternée. De toute évidence, l'humeur de Philippe d'Olemane s'était modifiée au cours de la journée.

– Ces appartements sont fort ingénieusement conçus.

Il acquiesça de la tête.

– Des hommes d'Eglise s'y sont cachés pendant les persécutions, m'a-t-on raconté. A d'autres époques, ils ont permis à des personnages célèbres du monde politique de s'enfuir discrètement.

– C'est ce que je pensais.

– Venez prendre un verre dans mon bureau, suggéra-t-il. Vous me raconterez vos autres découvertes.

Elle allait refuser, mais il ne lui en laissa pas le temps. Il ouvrit une porte et l'introduisit dans une confortable pièce aux murs lambrissés. Un feu flambait dans la cheminée; devant était disposée une table basse avec deux verres et un carafon de vin.

Le cœur de Patsie se mit à battre follement. L'avait-il attendue?

– Asseyez-vous, dit-il en approchant un fauteuil de la cheminée et en s'emparant de la carafe. (Un sourire effleura ses lèvres.) J'espère que, cette fois, vous ne considérez pas que je m'impose.

Elle avait l'impression qu'un siècle s'était écoulé depuis qu'elle lui avait fait ce reproche, pas plus tard que la veille!

– Cela me fait très plaisir, merci!

Qu'il était difficile de ne pas répondre par un radieux sourire à tant de courtoisie! Mais si elle cessait d'être sur ses gardes un seul instant, Dieu seul savait ce qui pourrait en résulter!

– Peut-être ceci vous mettra-t-il en appétit, dit-il en lui tendant un verre. Le cuisinier m'a dit que vous aviez à peine touché à votre déjeuner.

Elle rougit mais il lui épargna le désagrément d'une réponse.

– J'en suis probablement responsable, reconnut-il. J'ai été un peu trop dur avec vous.

Les larmes lui montèrent aux yeux. Tout compte fait, elle préférait sa colère à sa compassion.

– Je suis souvent maladroit avec les femmes, ajouta-t-il, d'une voix douce. J'oublie combien elles sont sensibles.

– Tout cela n'a aucune importance, articula-t-elle péniblement.

Elle avala une gorgée de vin et quand elle se fut assurée que sa voix ne tremblerait pas, elle demanda :

– Vous avez fait une bonne promenade ?

Il parut surpris.

– Je vous ai aperçu de la terrasse, expliqua-t-elle. Je vous ai même photographié. Je suis certaine que les lecteurs de *La Revue* seront enchantés de voir comment le propriétaire de ce château occupe ses loisirs.

– L'équitation n'est pas réellement une distraction, répondit-il avec un petit rire. Au fil des siècles, les chevaux du château de Vignan et leurs cavaliers ont acquis une certaine notoriété. Je me dois de perpétuer la tradition, mais je préfère de beaucoup me promener en ballon.

– Vous participez à des concours hippiques ?

– Une seule fois par an, à l'automne, dans la région de Limoges. Nous y allons régulièrement et nous en profitons pour aller passer quelques jours dans ma ferme sur les rives de la Dorgogne à une heure de là. A cette époque, c'est la pleine saison des noix dans le pays et j'ai plusieurs hectares plantés de noyers.

Nous ? De qui s'agissait-il ? De Margot ?

– Je ne suis jamais allée à Limoges.

– La ville n'est pas très intéressante et je préfère la campagne alentour, ajouta-t-il en allongeant ses jambes vers le feu. J'aime les petits matins frileux de septembre, les après-midi ensoleillés et les soirées si fraîches qu'il fait bon allumer un feu. (Il demeura un moment silencieux à contempler les flammes qui dansaient dans le foyer.) Malheureusement, la plupart du temps, la pluie est au rendez-vous. A la faveur de courtes éclaircies entre deux averses, nous nous précipitons à la cueillette des noix.

Patsie prit l'air étonné.

— Vous les cueillez vous-même?

Il rit.

— Bien sûr. C'est très amusant.

— J'en suis certaine... mais je pensais...

Il posa sur elle un regard troublant.

— Que pensiez-vous?

— Je n'imaginais pas que gauler des noix puisse vous paraître une occupation digne de vous.

— Il serait intéressant de savoir ce que vous imaginez d'autre à mon propos, répliqua-t-il froidement.

Elle posa son verre et se leva.

— Eh bien... que vous avez sûrement des choses beaucoup plus importantes à faire que de bavarder avec moi!

— Si tel était le cas, je les ferais, répondit-il calmement.

Leurs regards se croisèrent et Patsie sentit un frisson lui parcourir le dos.

— Je vous ai invitée à venir prendre un verre avec moi, parce que j'ai envie de vous connaître mieux. Mais ce ne sera possible que si vous vous asseyez et acceptez de vous détendre un peu jusqu'à l'heure du dîner.

— Il se fait tard, remarqua-t-elle alors qu'elle mourait d'envie de rester tranquillement avec lui, devant le feu. J'ai une longue route à faire à pied.

— Ce que vous dites est ridicule! s'exclama-t-il en riant.

— Je ne vois pas en quoi!

— Parce que, d'abord, vous n'allez nulle part. Ensuite, parce que si vous deviez rentrer, je ne vous laisserais certainement pas partir à pied, toute seule dans la nuit!

Elle se sentit oppressée tout à coup.

– Je ne vais nulle part? Qu'est-ce que ça signifie?

– Exactement ce que vous avez compris! J'ai envoyé un de mes domestiques, René, et une femme de chambre à l'hôtel à Perpignan pour emballer vos affaires.

Elle ouvrit la bouche pour protester mais il ne lui en laissa pas le temps.

– Vous m'avez expliqué que vous aviez peu de temps pour faire votre travail. J'ai voulu vous épargner d'en perdre davantage en longs trajets.

Comment osait-il envoyer des étrangers faire sa valise? Elle dut faire un immense effort sur elle-même pour ne pas exploser.

– Et si je ne dors pas à l'hôtel, où vais-je habiter?

– Dans l'appartement de Margot, pendant quelques jours, expliqua-t-il le plus naturellement du monde. Il est au second étage, à côté de la bibliothèque. Les chambres que je préfère sont dans l'aile sud, mais j'ai eu peur que vous ne vous y sentiez un peu abandonnée.

Patsie était cramoisie. De toute évidence, Margot était sa maîtresse. S'il s'imaginait que, durant son absence, elle allait la remplacer, il faisait fausse route!

– Je doute que Margot apprécie mon intrusion, remarqua-t-elle froidement.

– Elle n'en saura rien! Elle ne rentrera pas avant une semaine au moins; à ce moment-là, les chambres que je suis en train de faire redécorer seront prêtes et vous pourrez vous y installer.

– Dans une semaine j'espère bien être partie! affirma-t-elle en se levant.

– Voilà qui me surprendrait! N'oubliez pas que vous m'avez promis un travail fignolé!

– Telle est bien mon intention! Souvenez-vous que je veux cet emploi à *La Revue*.

Il serra les dents:

– Vous me l'avez clairement fait comprendre ce matin dans la voiture.

– Mais je ne vois pas pourquoi je devrais habiter chez vous.

– Ça vous ennuie de rester?

– Je n'en vois pas l'utilité.

Il se versa un second verre, la regarda comme il aurait regardé une écolière prise en faute sur le point d'être réprimandée.

– C'est indispensable parce que j'ai la très fâcheuse manie de ne jamais savoir une heure à l'avance ce que je vais faire.

– Je l'ai remarqué, dit-elle sèchement.

– Vous comprendrez donc aisément que nous travaillerons quand cela me conviendra. Je répondrai à vos questions quand j'en aurai le temps.

Quelle arrogance!

– Peut-être n'aurai-je aucune question à vous poser.

– Voilà qui me surprendrait! Je suis fort occupé dans la journée et, la plupart du temps, je ne suis libre que le soir. Le mieux est donc que vous soyez sur place. Je n'ai pas l'intention de vous courir après jusqu'à Perpignan!

Une fois de plus elle rougit. Ces propos étaient lourds de sous-entendus.

– Autre chose, poursuivit-il. Je tiens à contrôler votre travail. Je veux voir tout ce que vous écrirez et photographierez avant que vous ne le soumettiez à votre rédaction!

Furieuse, elle ne put se contenir plus longtemps.

– Songeriez-vous à censurer mes écrits? lui lança-t-elle.

– Vous avez une étrange conception du contrôle.

– Tout dépend ce que l'on entend par contrôle!

Il soupira.

– Cela vous amuse de vous mettre en colère?

Une telle remarque ne pouvait que provoquer le caractère irascible de la jeune Irlandaise.

– Vraiment, monsieur d'Olemane, vous n'êtes

jamais satisfait. Tantôt vous m'accusez d'obséquiosité, tantôt vous me reprochez mon caractère emporté!

– Un jour peut-être vous arriverez à trouver le juste milieu.

Il l'exaspérait. Pourtant, elle réussit à se dominer et ce fut d'une voix sereine qu'elle continua :

– Si nous essayions vraiment, je suis certaine qu'il nous serait possible d'adopter un mode de travail qui nous conviendrait à tous les deux tout en me permettant de rentrer à l'hôtel tous les soirs.

Excédé, il soupira.

– Qu'a-t-il de si attrayant votre hôtel? Vous avez la chance de pouvoir séjourner au château de Vignan, l'un des plus beaux de France, d'après vous. C'est une occasion unique. Pourquoi, diable, la refusez-vous?

– Parce que votre manière de vivre ne me convient pas.

Etonné, il resta un moment silencieux puis un sourire détendit ses lèvres sensuelles.

– Ah! je vois...

– Tant mieux! Je cours chercher mes affaires et en route pour Perpignan.

Il se leva et s'approcha d'elle. Une étrange lueur brillait dans son regard.

– Vous craignez peut-être d'être compromise en demeurant plus longtemps sous mon toit?

Quel être diabolique!

– Oh! il n'y a pas le moindre risque! grommela-t-elle.

– Ah non?

Il avança encore. Il était si près d'elle qu'elle pouvait sentir son parfum; elle en fut si troublée que ses genoux se mirent à trembler.

– Ou peut-être redoutez-vous ceci?

Et avant qu'elle ait pu comprendre ce qui lui arrivait, il l'avait prise dans ses bras et l'embrassait à pleine bouche.

Elle se débattit courageusement, mais cela ne dura pas longtemps. La chaleur de ses lèvres, la pression de son corps contre le sien l'enflammaient.

Au mépris de toute logique et de toute prudence, son désir la trahit et elle lui rendit son baiser avec passion et se serra de toutes ses forces contre lui. Plus rien n'existait autour d'elle. Seuls comptaient le goût de ses lèvres et la vigueur de ce corps d'homme contre le sien.

Quand ils se séparèrent enfin, ils se regardèrent, incrédules.

La première, Patsie revint à elle et murmura :

— Pardon... je... ce n'est pas très professionnel de ma part !

Il l'attira à lui, une main sur sa nuque.

— Et pas très malin de la mienne !

Elle sentit son souffle brûlant sur son cou et frissonna.

— Maintenant, vous allez me fuir comme si vous aviez le diable à vos trousses, chuchota-t-il en promenant ses lèvres sur sa joue, son cou, derrière ses oreilles et sur sa bouche encore. Nous devrions fuir tous les deux... mais dans des directions opposées.

La sonnerie du téléphone les fit sursauter. A regret, Philippe s'écarta pour aller répondre.

Patsie, immobile, encore sous l'empire de son charme, le vit froncer les sourcils et nota une nuance d'irritation dans sa voix.

— Margot ? Mais où êtes-vous ?

Elle se sentit défaillir.

— Mais, ajouta-t-il, de plus en plus contrarié, je ne vous attendais pas avant le milieu de la semaine prochaine.

Hébétée, elle imagina le reste de la conversation. Margot revenait au château en dépit des réticences de Philippe. Son arrivée, lui disait-il, l'empêchait de mener à bien un projet qu'il venait de mettre au point.

« Ce projet, c'est moi », se dit-elle avec un haut-le-corps. Et évidemment, il serait déplaisant que sa maîtresse arrive juste au moment où il le mettait à exécution. Elle avait les joues en feu. Que ne fuyait-elle à toutes jambes, comme l'avait suggéré Philippe ?

Il raccrocha. Elle se tourna vers lui avec un calme qu'elle était loin d'éprouver.

– Margot revient? demanda-t-elle.

Il acquiesça.

– Je ne sais pas pourquoi. (Il demeura songeur un moment.) Vous feriez mieux de déménager vos affaires, dit-il.

« Ce n'est pas moi qui les ai fait porter dans l'appartement de Margot », eut-elle envie de hurler. Pourtant, quand elle reprit la parole, sa voix était suave et douce.

– J'espère que ma chambre à l'hôtel est toujours libre.

Il la regarda distraitement.

– Je suis certain qu'elle l'est, mais là n'est pas la question. Vous restez ici. Vous n'avez qu'à vous installer où vous voulez dans l'aile sud.

Comme c'est commode! songea-t-elle avec amertume. Cachée là-bas, elle serait suffisamment éloignée de Margot pour lui permettre de leur faire la cour à l'une et à l'autre à tour de rôle! Cela valait presque la peine de rester, ne serait-ce que pour voir comment il s'y prendrait!

– Je déménagerai après le dîner, proposa-t-elle poliment.

– Je crois qu'il vaudrait mieux ne pas attendre. Margot a téléphoné de Perpignan. Elle arrive!

6

Un quart d'heure plus tard, Patsie avait transporté son maigre bagage de l'appartement de Margot dans une des chambres de l'aile sud et avait rejoint Philippe dans son bureau. Face à face, près de la cheminée, ils attendaient l'arrivée de la jeune fille.

– Elle devrait être là, dit-il en regardant sa montre pour la troisième fois.

Le cœur de Patsie se serra. Depuis le coup de

téléphone, rien dans l'attitude de Philippe ne permettait de déceler qu'il se rappelât leur baiser. Elle le regarda et se revit dans ses bras. Que de tendresse dans cette étreinte! Comme elle s'était sentie heureuse ainsi enlacée! Et comme tout cela s'était brutalement terminé!

– Margot a une voiture? demanda-t-elle en avalant péniblement sa salive.

– Pardon?

Il la fixa comme si, durant un moment, il avait oublié sa présence.

– Une voiture? reprit-il. Non, pas à Perpignan. Elle arrive en taxi.

– Elle ne va pas tarder, alors, dit Patsie comme si elle espérait que ses mots pourraient miraculeusement la renvoyer à Nice.

Mal à l'aise, elle se rappelait la grâce féline de la jolie blonde et ses yeux fauves légèrement bridés qui l'avaient si froidement dévisagée à la terrasse de l'hôtel.

Elle allait certainement faire une scène épouvantable quand elle s'apercevrait qu'en vingt-quatre heures la « jeune fille du pré » avait réussi à s'installer au château. Et des scènes, Patsie en avait assez essuyé pour la journée!

Etait-ce vraiment ce matin seulement que le klaxon de la Ferrari avait ouvert comme par magie la grille du parc? Dans une même journée, Philippe l'avait atrocement blessée par ses propos venimeux et lui avait fait découvrir dans ses bras des émotions inconnues et merveilleuses.

Le son de sa voix grave la tira de sa rêverie.

– Vous êtes bien solennelle, remarqua-t-il.

Comment ne pas l'être? eut-elle envie de répondre. Elle était amoureuse de lui et depuis le coup de téléphone de Margot, c'est à peine s'il savait qu'elle existait!

– Je suis fatiguée, murmura-t-elle. La journée a été longue et difficile!

– Et ce n'est pas fini! soupira-t-il.

Un fol espoir la souleva. Etait-il possible que ce ton découragé signifie qu'il n'avait pas plus qu'elle envie de voir Margot? Ce qu'elle avait pris pour de l'impatience n'était peut-être que de la contrariété.

– J'ai une idée, annonça-t-elle en se levant. N'ayant pas très faim, je préfère me passer de dîner et regagner ma chambre avant l'arrivée de Margot. Vous serez ainsi plus à l'aise pour lui expliquer pourquoi je suis ici. Qu'en pensez-vous?

– Peut-être... dit-il après une hésitation.

C'était la réponse qu'elle attendait et pourtant elle eut l'impression d'avoir reçu une douche froide.

– Alors je file...

– Patsie... Vous devez penser que je ne domine pas très bien la situation, dit-il en s'approchant d'elle.

– Inutile de vous expliquer. Je comprends parfaitement, affirma-t-elle, la mort dans l'âme.

– Comment le pouvez-vous? Moi-même je n'y vois pas clair!

Il posa la main sur son bras. Elle frissonna.

– Je n'aurais jamais dû me conduire comme je l'ai fait avant de vous avoir précisé ce que Margot représente pour moi.

N'en savait-elle pas déjà suffisamment?

– Ne vous en faites pas pour un simple baiser! répliqua-t-elle, acerbe. C'est déjà oublié!

A ces mots, toute douceur disparut du visage de Philippe et un éclair glacé brilla dans son regard.

– Je vois! dit-il. Je me suis trompé!

Sa froideur l'apaisa. Patsie allait se rétracter lorsque soudain la porte s'ouvrit brutalement devant Margot, tout de bleu vêtue.

– Salut! lança-t-elle en les fixant tous les deux. Ai-je interrompu...?

– Certainement pas! répondit Philippe en s'approchant pour embrasser la joue qu'elle lui tendait. Nous allions passer à table sans vous attendre. Qu'est-ce qui vous a retardée?

– La lenteur du taxi. Que voulez-vous que ce soit?

Patsie, gênée, avait la pénible sensation d'être au théâtre et d'attendre la grande scène d'amour.

Mais au même moment, Margot se tourna vers elle et demanda, avec un charmant sourire :

– Nous avons une invitée, mon chéri? Qui est-ce?

– Voyons! Vous ne reconnaissez pas Patsie Ryan? Je vous l'ai présentée hier soir.

Patsie tressaillit. Pourquoi n'avait-il pas dit plus simplement : c'est la jeune personne que j'ai abordée, vous vous souvenez?

– Mais oui! bien sûr! s'exclama Margot en lui tendant la main. Comment allez-vous? J'espère qu'il vous a fait visiter le château. Il est beaucoup trop égoïste, vous savez, quand il s'agit de sa demeure!

Elle était parfaitement à l'aise, les regardant l'un après l'autre en souriant. Rien à voir avec cette panthère en furie à laquelle s'attendait Patsie!

Un sourire enchanteur aux lèvres, elle ajouta :

– Ce château est un véritable musée, plein de trésors, mais Philippe est un vieil ermite qui veut les garder pour lui tout seul.

Il fronça les sourcils.

– Vous savez que ce n'est pas vrai! protesta-t-il.

Elle rit et se tourna vers Patsie d'un air complice.

– Il déteste ce genre de plaisanteries, alors je les lui répète aussi souvent que possible, pour l'exaspérer!

Patsie esquissa un faible sourire. Ces mots faisaient étrangement écho à ses propos de la matinée! Etaient-ce ses remords qui la torturaient ainsi ou le regard de Philippe qu'elle osait à peine croiser.

– Si nous allions dîner? proposa-t-il avec une certaine brusquerie.

Margot lui donna le bras et l'embrassa.

– Mon chéri! Pardon, je suis allée un peu loin, non? (Puis, se tournant vers Patsie, elle ajouta :) Philippe! nous manquons à tous nos devoirs! Nous nous précipitons vers la salle à manger comme si nous n'avions pas d'invitée. Excusez-nous, mais être séparés, même un seul jour, nous semble une éternité et, lorsque nous nous retrouvons enfin, nous ne pensons plus qu'à nous!

– C'est ce que je vois, approuva Patsie avec raideur.

– Nous recevons si rarement, expliqua gaiement Margot, surtout des femmes. C'est tout à fait agréable, n'est-ce pas, chéri? poursuivit-elle en le regardant.

Sa réponse se perdit dans un grognement inintelligible. Il entra le premier dans la salle à manger et avança une chaise à Margot, puis à Patsie dont il effleura le bras; elle frémit et s'en voulut de sa faiblesse.

Si elle était allée se coucher avant l'arrivée de Margot, Philippe aurait-il pensé à faire enlever le troisième couvert? Et s'il ne l'avait pas fait, qu'aurait-il raconté à Margot?

En l'écoutant raconter l'histoire de Sydney Fernham et de l'accident de télé-siège, elle se convainquit qu'il y serait parvenu avec autant de facilité qu'il avait réussi à lui faire croire, par ses baisers, que, seule, elle comptait pour lui.

Quand elle se retrouva dans sa chambre, Patsie songea au repas et à la brève conversation qui avait suivi. Jamais elle n'avait enduré plus dure et plus longue épreuve! Les interminables jours que, toute petite, elle avait passés à attendre le retour de son père, ne lui avaient pas paru aussi terribles.

Mais, se dit-elle en se glissant dans ses draps, c'était du passé. Le reste de la semaine lui paraîtrait un jeu d'enfants auprès de cette soirée! Margot serait avec Philippe et elle pourrait travailler tranquillement; il lui suffirait de garder en mémoire ce qu'elle avait appris au cours du dîner pour s'empêcher de rêver!

Margot et Philippe étaient fiancés.

Margot elle-même le lui avait dit et Philippe n'avait pas démenti. Certes, il n'avait pas manifesté d'enthousiasme, mais peut-être était-elle trop bouleversée par cette nouvelle pour apprécier sa réaction à sa juste mesure.

Ils annonceraient leurs fiançailles une semaine après le concours hippique de Limoges, au cours d'un grand bal costumé, inspiré d'une fête donnée au château des siècles auparavant.

Margot avait trouvé tous les détails de cette fête grandiose dans un vieux manuscrit. Depuis des mois elle travaillait à la réalisation de ce projet avec des costumiers parisiens, des décorateurs et des musiciens de Saint-Tropez.

La liste des invités était impressionnante. Environ la moitié de la noblesse européenne.

Pendant que Margot parlait avec volubilité, Philippe demeurait silencieux. Il se contentait de regarder, de temps à autre, le visage animé de Margot et celui, beaucoup plus froid, de Patsie.

Elle avait eu de la chance, songeait-elle en s'enfonçant dans son lit à baldaquin, de n'avoir pas eu le temps de se rendre plus ridicule encore. Que se serait-il passé si Margot n'était pas rentrée ce soir ?

Son imagination se mit à vagabonder : Philippe la prenait dans ses bras, la hissait sur sa monture derrière lui, ou encore se penchait par-dessus la rampe de l'escalier pour l'embrasser.

« Assez ! » se dit-elle sévèrement. Elle s'assit dans son lit. La lune éclairait la pièce, l'obligeant ainsi à reprendre pied dans la réalité.

Dans cette aventure, elle devait s'attacher aux faits et non se complaire dans sa souffrance.

Comme tous les hommes probablement, Philippe s'intéressait aux femmes séduisantes. Et elle devait lui plaire, sinon il ne lui aurait pas téléphoné au milieu de la nuit pour l'inviter à l'accompagner à Marseille.

Mais cette invitation et ses baisers n'avaient rien à voir avec ses projets de mariage avec Margot.

« Je ne suis qu'une distraction passagère », se dit-elle en ravalant ses larmes. En l'absence de Margot, Philippe avait décidé de s'amuser aux dépens d'une innocente qu'il avait aperçue du haut de sa nacelle ; pour gagner du temps, il l'avait installée dans son repaire.

Non, elle était injuste. Quand ils avaient quitté l'hôtel ce matin, Philippe ne savait même pas où ils allaient et c'était Sydney Fernham qu'il devait recevoir chez lui et non Patsie Ryan!

Pourtant, dès leur arrivée au château, il avait dû penser que la chance le servait; c'est pourquoi il avait insisté pour qu'elle mène à bien son reportage. Il aurait sa petite aventure et, quand Margot rentrerait, Patsie serait déjà repartie. Personne n'en aurait rien su, sauf les domestiques. « Tout aurait marché comme sur des roulettes », se dit Patsie, la honte au front, en songeant avec quel abandon elle l'avait embrassé. Elle serait rentrée à Paris follement éprise de Philippe et aurait attendu vainement de ses nouvelles, jusqu'au jour où elle aurait découvert, dans la rubrique mondaine, le récit du bal et l'annonce de ses fiançailles. Sans doute alors se serait-elle jetée du haut de la tour Eiffel!

Mais Margot avait sauvé la situation.

D'après ce qu'elle avait raconté pendant le dîner, les amis qu'elle espérait voir à Nice étaient partis pour Rome et elle s'était heurtée à une porte close.

– C'était affreusement triste. Et d'ailleurs, pourquoi serais-je restée à Nice alors que je pouvais être ici, au château, avec mon « Philippe chéri »?

Patsie se rallongea et remonta les draps sous son menton.

« Philippe chéri! »

Comment avait-elle pu être assez stupide pour croire, fût-ce un seul instant, que le destin lui réservait un dieu? Aux pieds d'argile, rectifia-t-elle, mais un dieu tout de même. Elle se rappela les regards de Philippe, ses lèvres, ses bras autour d'elle...

Elle cacha son visage inondé de larmes dans son oreiller. Elle avait du pain sur la planche demain et les jours suivants, puis elle retrouverait Sydney. Tous deux étaient du même monde et, si elle voulait bien regarder la vérité en face, c'était lui l'homme de sa vie, le seul candidat sérieux! Quant à son projet de faire carrière à *La Revue*, il l'aiderait à vivre jusqu'à ce qu'elle soit prête à affronter la triste réalité : son existence serait morne, sans le moindre romantisme, et elle ne connaîtrait jamais ce grand amour dont elle rêvait depuis l'adolescence.

Dans l'automne doré du sud de la France, la vie se parait des couleurs de l'arc-en-ciel. Pour Philippe, Margot et quelques-uns de leurs semblables, elle revêtait l'éclat réservé aux rois et aux reines. Mais pour Patsie Ryan, du 12 de la rue du Mont, elle ne serait jamais que la banale routine de tous les jours.

7

Patsie se.leva de bonne heure le lendemain matin et, après avoir pris son petit déjeuner seule dans un boudoir, elle se dirigea vers le grand salon et commença à photographier une impressionnante collection d'antiquités bretonnes.

Elle s'était tournée et retournée dans son lit pendant des heures et avait fini par décider de ne plus s'apitoyer sur son sort mais de se mettre à l'ouvrage le plus rapidement possible. Elle aurait un ou deux entretiens avec Philippe, en présence de Margot, et rentrerait à Paris dès qu'elle aurait terminé.

En buvant son café au lait, elle réfléchit au plan de l'article qui accompagnerait ses clichés et choisit les pièces et les objets qui symboliseraient le mieux la splendeur du château.

Elle était occupée à photographier un délicieux vase de porcelaine, posé sur un curieux cabinet sculpté, lorsqu'une ombre se profila, gâchant le tableau.

Agacée, elle tourna la tête. C'était Philippe. A voir sa pâleur malgré son bronzage, il ne devait pas avoir passé une meilleure nuit qu'elle.

– Il faut que je vous voie! dit-il, les lèvres pincées.

– Eh bien, je suis là, vous me voyez! répondit-elle en relevant le menton, prête à le défier.

Il lui saisit le bras.

– Pas ici. Dans mon bureau.

– Merci! J'ai déjà visité votre bureau. Il n'offre rien de particulièrement intéressant pour moi!

– Nous ne pouvons pas parler ici!

– Peu importe! Je n'ai rien à vous dire!

Il serra les mâchoires et, après un bref silence, il reprit :

– Mais vous pouvez m'écouter.

Sans lui laisser le temps de protester, il l'entraîna dans son bureau et referma la porte derrière elle.

– Asseyez-vous, ordonna-t-il.

Un éclair traversa les yeux de Patsie.

– Tiens, tiens, voilà une nouvelle démonstration de vos charmantes manières.

Il s'assit sur le canapé et l'obligea à en faire autant.

– Je veux savoir si vous étiez sincère quand vous avez prétendu, hier soir, que ce qui s'était passé ici n'avait aucune importance!

– Vous faites allusion au coup de téléphone de Margot? demanda-t-elle avec une feinte innocence.

– Je parle de notre baiser!

– Vous ne manquez pas de toupet de me poser une telle question après ce que j'ai appris hier au dîner!

Une lueur sauvage brilla dans le regard sombre.

– Ainsi, pour vous aussi, c'était sérieux, aussi sérieux que cela l'était pour moi?

Elle fit la moue.

– Ce qui revient à dire que c'était tout à fait insignifiant!

Il l'attira à lui et la regarda droit dans les yeux.

– Je veux que vous me fassiez une promesse. Promettez-moi de faire très attention à tout ce qui se passera durant les prochains jours, dans les moindres détails!

Elle respirait difficilement, il était trop près d'elle.

– Que voulez-vous dire?

– Il faut que je règle certains problèmes, répondit-il en lui prenant la main. Je ne peux pas tout balayer comme cela, en quelques heures. Mais je vous assure que si vous savez être patiente...

Que racontait-il? Il restait un espoir qu'eux deux... Son cœur battait à tout rompre!

– Comprenez-moi, ajouta-t-il, Margot n'est pas rentrée de Nice parce que ses amis étaient partis. Elle est revenue parce qu'elle a appris que vous étiez ici.

– Comment a-t-elle pu?...

– Elle a ses méthodes, ricana-t-il. Je commence seulement à découvrir jusqu'où elle est capable d'aller, pour arriver à ses fins.

– Vous voulez dire que les déclarations qu'elle a faites hier au dîner ne sont pas vraies?

Il lui posa les mains sur les épaules et ses lèvres frôlèrent la joue de Patsie.

– Elles ne sont pas... définitives, chuchota-t-il.

Ses mains glissèrent jusqu'à sa taille. Elle frissonna, prise soudain d'une envie folle de lui tendre ses lèvres.

– Et si Margot entrait?

– Aucun risque. Elle dort toujours jusqu'à midi!

Emportée par une brusque colère, elle le repoussa et se leva d'un bond.

– Vous êtes impossible! Vous jouez sur les deux tableaux et vous vous croyez assez malin pour gagner.

Il sursauta.

– Pourquoi êtes-vous tellement méchante?

– Et pourquoi ne le serais-je pas? Me prenez-vous pour une imbécile? Vous arrangez très judicieusement vos affaires. Jour et nuit, une de nous deux – Margot ou moi – doit se tenir à votre disposition.

– C'est faux!

– Margot habite ici, non?

– Oui, mais...

– Vous êtes fiancés?

– Ne vous attardez pas à ce détail. Il y a tant de choses que vous ne comprenez pas!

– Etes-vous fiancés, oui ou non?

Il soupira.

– Oui, nous le sommes.

Pendant les brèves minutes où il avait laissé ses mains sur ses épaules, elle avait presque cru que Margot avait menti, pour tout. Elle avait espéré, contre toute logique, que sa réponse à la question qu'elle avait enfin osé poser serait négative. Hélas! Elle eut un éblouissement et dut se retenir au dossier d'un fauteuil pour ne pas tomber.

– Je vous méprise! lança-t-elle d'une voix tremblante. Vous êtes un horrible snob qui veut épater tout le monde avec ses manières et son argent. Je plains Margot! Elle n'aura pas une vie bien gaie ici, avec vous, encore qu'elle l'ait cherché en venant s'y installer comme une vulgaire fille des rues!

Blême, les lèvres exsangues, il la dévisagea. Finalement, du même ton cynique qu'il avait pris pour parler de sa mère, il répliqua :

– C'est vous que je plains! Vous n'êtes qu'une petite bigote à l'esprit étroit, Patsie Ryan! Quand je vous ai embrassée et que vous m'avez rendu mon baiser, j'espérais avoir un peu remonté dans votre estime!

A ces mots, il quitta la pièce et, lorsque, revenue de sa stupeur, elle parvint en titubant jusque dans le hall, il avait disparu.

D'un pas décidé elle retourna au salon photographier son vase. Elle s'appliquait à trouver le meilleur angle mais, à chaque instant, le visage de Philippe d'Olemane s'interposait entre elle et son sujet; elle serra les dents et se concentra. Cet article devait être le plus extraordinaire jamais publié dans *La Revue*. Il lui fallait au moins cette satisfaction pour calmer sa fureur.

Vers midi ses forces la trahirent : elle s'arrêta, posa son appareil et s'adossa à une colonne de marbre. Quoi de plus fatigant que la colère? songea-t-elle tristement. La joie vous donne des ailes, l'amour vous transporte et décuple votre énergie, mais la rage... Elle soupira. La rage rend malade!

Soudain une petite voix flûtée la tira de ses réflexions.

– Ah, vous voilà! Mademoiselle Ryan, je suppose?

Une charmante vieille dame, petite et potelée, se dirigeait vers elle.

– J'étais sûre de vous trouver en bas, dit-elle en lui tendant la main. Je suis Martine LaSalle. Je suis désolée de ne pas vous avoir accueillie hier, comme c'eût été mon devoir de le faire, mais j'étais absente, en vacances... Des vacances fort courtes à dire vrai, ajouta-t-elle avec un chaleureux sourire.

– Je suis ravie de vous connaître.

– Avez-vous déjeuné? A vous voir, je parierais que non!

– Suis-je si affreuse?

– Non, pas du tout, mais vous avez l'air fatigué. La photographie doit être une tâche ardue! s'exclama-t-elle avec une sorte de gloussement. Vous autres, jeunes filles qui voulez faire carrière, je ne sais pas comment vous menez votre vie!

– Moi non plus, approuva Patsie, que la présence de cette aimable petite dame apaisait. En fait, mon but dans la vie n'est pas de faire carrière!

– Oh! j'ai mal compris alors! je croyais que vous remplaciez M. Fernham de *La Revue*.

– C'est exact, mais c'est un remplacement très provisoire. Je ne suis pas vraiment photographe.

La vieille dame plissa ses petits yeux malicieux.

– Oh! Je vois. Venez vous reposer un peu alors. Nous déjeunerons ensemble et vous me direz ce que vous pensez du château.

Tout en dégustant un savoureux coq au vin, Patsie parla de ses découvertes de la matinée et écouta les intéressantes suggestions de Martine LaSalle.

– Pourquoi ne construiriez-vous pas votre article autour des objets des différentes époques qui retracent l'histoire de la famille? proposa-t-elle.

– C'est une idée merveilleuse, reconnut Patsie qui abandonna sans regret son propre plan. Vous êtes si familiarisée avec tout ce qui se trouve ici, je suppose que vous devez connaître M. d'Olemane depuis de nombreuses années?

– Je l'ai vu naître, déclara fièrement la vieille dame. Je suis sa tante, ma chère petite. Vous ne le saviez pas?

– Certainement pas!

– Je pensais que Philippe vous avait parlé de moi ou... ou Margot. Vous avez rencontré Margot? demanda-t-elle sans sourire.

Patsie hocha la tête.

– C'est une jolie fille, commenta Mme LaSalle, encore que très imprévisible.

Patsie partageait tout à fait ce point de vue mais elle se tut. Moins on évoquerait Margot, mieux cela vaudrait. Et elle espérait bien qu'une fois repartie elle n'en entendrait plus jamais parler.

– Habitez-vous dans les environs? demanda-t-elle en reposant son verre.

Martine LaSalle rit.

– Au deuxième étage, juste à côté de l'appartement de Margot. Mais ma vraie maison est ailleurs. Peu avant la mort de mon mari, nous avons acheté une petite ferme près de la frontière espagnole. Je m'y rends de temps en temps pendant les vacances. J'espère cependant que d'ici peu... La nuit dernière j'y étais. Je devais y passer une ou deux semaines mais, quand Philippe m'a appelée pour me dire que Margot était rentrée, j'ai dû revenir, bien évidemment!

– Je crains de ne pas bien saisir...

– Comme je vous l'ai expliqué, Margot occupe l'appartement à côté de ma chambre. Elle y habite depuis qu'elle a quitté le collège. En tant que parente de l'un et de l'autre et ayant vécu longtemps au château lorsque Philippe était enfant, j'étais la personne idéale pour servir de chaperon.

– Vous êtes de la même famille que Margot? Mais alors, elle et Philippe sont cousins?

– Au sixième degré, je crois! Mais leurs pères

étaient des amis d'enfance et ils ont toujours été très liés. Tous deux sont morts ensemble dans un accident de voiture. De tout temps, il avait été entendu que si le père de Margot venait à disparaître, c'est le père de Philippe qui deviendrait son tuteur. Après l'accident, cette lourde responsabilité a échu à Philippe. La mère de Margot avait disparu quelques années auparavant et la pauvre enfant était pensionnaire en Suisse.

Patsie était médusée! Une fois de plus elle avait parlé sans réfléchir et avait proféré contre Philippe d'abominables accusations parfaitement injustifiées.

— Naturellement, poursuivit la vieille dame, il n'était pas convenable que Philippe et Margot habitent seuls sous le même toit. Aussi a-t-on fait appel à moi. Fort heureusement, Margot ne tient pas en place et s'absente souvent. J'en profite alors pour rentrer chez moi! Je ne comprends pas pourquoi elle n'est pas restée à Nice. Elle adore y aller en cette saison! Evidemment, depuis que Philippe et elle ont décidé de se marier... Oh! mon Dieu! j'ai encore parlé à tort et à travers... dit-elle en mettant précipitamment la main devant sa bouche.

— Ne vous inquiétez pas, la rassura Patsie. Margot m'a annoncé la nouvelle elle-même, hier soir.

Soulagée, la vieille dame continua son babillage :

— Mais alors, vous avez aussi entendu parler du bal. Ce sera une soirée inoubliable! Ce qui me surprend le plus, c'est que Philippe ait donné son accord.

— Et pourquoi donc?

— Il est tellement sauvage! Il aime son château et tout ce qu'il contient. Pour lui, c'est sa maison, son foyer et non une vitrine! Je suis même étonnée qu'il vous laisse faire un reportage sur lui et sa demeure, ajouta-t-elle en posant sur Patsie son regard pétillant de malice. A moins que ce ne soit une idée de Margot?

— Ça me paraît fort douteux.

— Enfin! maintenant qu'il est à la veille de se

marier, mieux vaut qu'il change un peu. Margot a constamment besoin d'être distraite. Pauvre Philippe! Je me demande s'il se rend bien compte à quoi il s'engage! poursuivit-elle en redevenant sérieuse.

Pauvre Philippe, en effet! Patsie dissimulait autant que possible les émotions qui l'agitaient. Il aurait dû lui expliquer que Martine LaSalle vivait ici. Pour la seconde fois, elle s'était laissé prendre au piège : elle avait parlé trop vite, sans savoir. Elle faillit se précipiter dans sa chambre pour empaqueter ses affaires et disparaître le plus vite possible. Plus elle restait, plus elle se ridiculisait! D'autant plus qu'elle ne savait absolument pas comment elle pourrait jamais se faire pardonner ses méchants propos de ce matin.

– Le retour inopiné de Margot a probablement contrarié Philippe, déclara Martine LaSalle. Il lui préparait une surprise.

– Oh! (Assez, assez! Qu'on la laisse terminer son déjeuner en paix! Elle ne voulait pas en entendre d'avantage sur la vie de Philippe d'Olemane!) Quelle genre de surprise? demanda-t-elle cependant courtoisement.

– Il fait redécorer les appartements de l'aile est. Il préfère l'aile sud mais Margot refuse de s'y installer après leur mariage. C'est beaucoup trop éloigné du bâtiment central. Finalement, il a cédé à son caprice, mais elle devait l'apprendre juste avant le bal seulement. Voilà pourquoi il l'a accompagnée à Majorque. Elle devait y rester un mois avant de rejoindre ses amis à Nice. Les ouvriers auraient ainsi eu le temps de terminer les travaux en son absence. C'est une telle fouineuse qu'elle doit avoir tout découvert, à l'heure qu'il est!

C'était donc à cela qu'il faisait allusion la veille, quand Margot l'avait appelé pour lui annoncer son retour! se dit Patsie. Et elle qui l'avait soupçonné d'avoir l'intention de la séduire! Par ailleurs, il n'était pas étonnant que Sydney ait eu tant de mal à le joindre, s'il était resté si longtemps à Majorque.

Elle s'était trompée sur toute la ligne. Il devait la prendre pour une idiote!

— Peut-être Margot n'est-elle pas encore réveillée. J'ai cru comprendre qu'elle ne se levait qu'à midi.

— Habituellement oui, mais ce matin elle était debout à 9 heures.

Mais alors elle aurait pu entrer dans le bureau! Rétrospectivement, Patsie en frémit. Qu'aurait fait Philippe si elle les avait surpris?

— Les futurs époux sont partis à cheval faire le tour du parc, précisa Martine LaSalle d'un ton un peu ironique.

Une seconde, Patsie imagina Philippe aidant Margot à se mettre en selle. Puis elle secoua la tête brusquement : pourquoi se torturer ainsi?

— Ce déjeuner était merveilleux, mais je dois retourner travailler, dit-elle en se levant.

Martine LaSalle lui tendit la main.

— J'ai été ravie de vous avoir. C'est si rare de trouver un auditoire attentif! Les hommes sont impatients et ne s'intéressent guère aux bavardages féminins et Margot... (Elle se tut et se leva.) J'en ai assez dit sur Margot pour aujourd'hui! Vous devez trouver que je ne suis guère indulgente.

— Mais non! tranquillisez-vous.

Patsie était triste pour la vieille dame... et peut-être aussi un peu pour Margot. Apparemment, ces deux-là avaient du mal à se supporter.

— Vous n'en avez plus pour longtemps maintenant, conclut-elle en souriant. Bientôt vous serez déchargée de vos responsabilités et pourrez retourner vivre chez vous.

Un sourire radieux illumina le visage de Martine LaSalle.

— J'avoue que je compte les jours!

8

A son grand soulagement, Patsie put poursuivre sa tâche pendant plusieurs jours sans rencontrer Margot ou Philippe, sauf aux heures des repas. Margot était très occupée par ses essayages et Philippe en profitait pour surveiller l'avancement des travaux.

Ils avaient également eu beaucoup à faire pour préparer leur voyage à Limoges, organiser le transport des chevaux, etc. – Patsie elle-même, avait dû s'absenter une journée pour aller faire développer un premier lot de pellicules.

Apprenant que Martine LaSalle devait se rendre à Perpignan en voiture, elle lui avait demandé si elle pouvait l'accompagner.

Durant tout le trajet, la vieille dame, qui était une inépuisable source de renseignements sur le château et son histoire, n'avait cessé de bavarder. Elle était si contente d'avoir une compagne!

Patsie de son côté l'écoutait attentivement, avide de détails. Plus elle en apprendrait, moins longue serait l'interview qu'elle devrait avoir avec Philippe.

Il n'avait plus reparlé de contrôler son travail. Ces réunions quotidiennes n'avaient plus leur raison d'être maintenant que Margot était rentrée! Quels qu'aient pu être les projets amoureux de Philippe, il avait dû les abandonner.

Tandis que Martine LaSalle bavardait, Patsie réfléchissait. Elle n'aimait pas beaucoup Margot, mais force lui était de reconnaître que la jeune fille faisait tout pour être aimable. Chaque fois qu'elles se croisaient, elle lui adressait un grand sourire. Patsie s'était bien demandé une fois ou deux si c'était sincère, mais la gentillesse de Margot ne faisait aucun doute.

Pourquoi Philippe ne croyait-il pas à l'excuse invoquée pour rentrer si précipitamment de Nice? Et qu'avait-il voulu dire en affirmant qu'elle avait des méthodes personnelles pour se tenir au courant de ce qui se passait au château en son absence? Le faisait-elle espionner par une femme de chambre? C'était un procédé plutôt démodé. Patsie jeta un coup d'œil à sa compagne. En tout cas, ce n'était certainement pas Martine LaSalle qui s'en chargeait : elle avait trop de mal à dissimuler qu'elle n'aimait guère son rôle de duègne.

Si Philippe disait vrai et que Margot était réellement revenue parce que Patsie était au château, bien des choses apparaissaient sous un jour nouveau. Ou bien Margot n'était pas sûre de Philippe et trouvait plus prudent de le surveiller constamment, ou bien elle était jalouse de nature et... Patsie soupira. Peut-être la vérité résidait-elle quelque part entre ces deux suppositions.

– Vous êtes fatiguée, ma chère enfant! Ça ne m'étonne pas, vous travaillez sans relâche!

– Je voudrais finir le plus vite possible.

– Il n'empêche que vous avez bien fait de vous reposer un peu aujourd'hui. Saurez-vous vous occuper jusqu'à 16 heures?

– Bien sûr! Perpignan est une jolie ville et quand j'aurai terminé tout ce que j'ai à faire, je viendrai m'asseoir au bord de la rivière.

Martine arrêta le véhicule le plus près possible du centre.

– Je vous dépose ici?

– Parfait. Où nous retrouvons-nous?

– Au même endroit, si vous voulez bien.

Patsie approuva de la tête, remercia et descendit de voiture.

Elle trouva un photographe qui accepta de lui développer ses photos dans la journée et, comme elle n'avait aucune autre course précise à faire, elle en profita pour se promener dans les rues et faire du lèche-vitrines. Elle choisit une carte postale pour Sydney et fit quelques achats pour des amies parisiennes.

Une très légère brume enveloppait la ville sous le

pâle soleil d'automne. Pour la première fois depuis des jours Patsie se sentait paisible.

Elle déjeuna d'une omelette et de fruits à la terrasse d'un café. Puis pendant près d'une heure, elle demeura assise à regarder aller et venir les passants.

Peu à peu l'image de Philippe s'imposa à elle. Pourquoi ne pouvait-on remonter le temps? Elle aurait tant voulu en être encore à ce matin où il était venu la chercher! Si seulement elle ne s'était pas conduite aussi stupidement!

D'ailleurs, qu'est-ce que cela changerait? Philippe était fiancé à Margot et c'était là le véritable obstacle à l'épanouissement de leurs relations et non quelques paroles prononcées à la légère.

A quoi bon regarder en arrière? En avait-elle vraiment envie? Philippe était encore très arrogant, grossier et caustique de temps en temps comme au premier jour. Ce n'était pas du tout le genre d'homme auprès duquel elle aimerait vivre.

D'un autre côté, elle était obligée de reconnaître qu'il y avait en lui quelque chose qui l'attirait irrésistiblement. Etait-ce ses moments de gentillesse si inattendus... cette passion sous-jacente qu'il savait si bien maîtriser... ou, plus troublant encore, ce désir ardent qu'il manifestait chaque fois qu'ils étaient seuls.

Elle crut sentir à nouveau l'odeur de sa peau lorsqu'il l'avait tenue dans ses bras, la douceur de sa joue contre la sienne, le contact de ses mains.

Elle se leva brusquement. N'était-elle pas complètement folle de faire ainsi revivre un rêve mort? Dès l'instant où elle avait entendu parler de ses fiançailles, elle aurait dû écarter de son esprit tout souvenir de Philippe d'Olemane.

C'est ce qu'elle allait faire, décida-t-elle fermement. Elle irait s'installer à la terrasse de l'hôtel, commanderait une glace et savourerait sans contrainte ce merveilleux après-midi. Bientôt elle retrouverait l'agitation parisienne et se féliciterait alors d'avoir pris le temps de profiter d'une journée tranquille à Perpignan. Pourquoi tout gâcher avec des pensées maussades et des regrets?

Une fois arrivée, elle posa ses paquets à côté d'elle et appela le garçon qui revint bientôt avec sa commande.

Patsie se préparait à entamer sa glace quand, levant la tête, elle vit avec consternation s'approcher une silhouette familière.

– Que faites-vous ici? demanda-t-elle, la gorge nouée.

Sans la saluer, Philippe prit une chaise et s'assit près d'elle, les yeux rivés sur la coupe que l'on venait d'apporter.

– J'avais une folle envie d'un sorbet à la fraise, comme vous.

Il sourit au garçon et ajouta :

– Avec un quart Perrier, s'il vous plaît. Perrier, Patsie?

– Non, merci.

Quand le garçon fut parti, il s'éclaircit la voix et demanda :

– Où étiez-vous?

– J'avais du travail. Ensuite, je suis allée faire des courses.

Il jeta un coup d'œil à ses paquets.

– C'est ce que je vois. Mais je voudrais surtout savoir où vous étiez ces jours derniers.

– Au château, bien sûr. Vous m'y avez vue.

– Seulement aux heures des repas.

Ainsi, il l'avait remarquée!

– J'étais très occupée. Vous aussi, je crois.

Modelant son attitude sur celle de Patsie, il parlait d'un ton détaché.

– Votre travail avance-t-il comme vous le voulez?

– J'espère avoir terminé dans quelques jours, si les clichés que j'ai portés à développer sont bons.

Du bout des doigts, il chiffonnait une serviette.

– Vous avez l'air bien pressé de vous en aller.

– Plutôt!

Il ne fit aucun commentaire. Le garçon apporta la

commande de Philippe et tous deux dégustèrent leur glace en silence.

Au bout d'un moment pourtant Patsie se jeta à l'eau :

– Je... je vous dois... des excuses. Je me suis trompée... au sujet de vos relations avec... Margot. Mes propos étaient de... mauvais goût. Me pardonnerez-vous ?

Il se renversa en arrière sur sa chaise et la dévisagea.

– Voilà un joli petit discours, murmura-t-il, et bien poliment prononcé !

Les joues de Patsie virèrent au cramoisi.

– Vous êtes exaspérant ! Vous le savez, j'espère ! dit-elle, les dents serrées.

Il la fixait toujours.

– Oui, je le sais !

– Vous le faites exprès ?

– Hélas ! C'est presque un réflexe, maintenant.

– Pourquoi vous êtes-vous assis à ma table ? répondit-elle avec ironie. Vous tenez à gâcher mon après-midi ?

– Je voulais vous voir et il semble que ce ne soit pas très facile au château.

Son ton était moins cassant et Patsie remarqua soudain combien son regard était triste.

– Je suis pourtant facile à trouver. Et si vous vouliez me parler, pourquoi ne pas m'en avoir avertie hier soir, au dîner ? dit-elle, un peu radoucie, elle aussi.

– Parce que je n'avais nulle envie de signaler à tout le monde que j'avais envie de vous voir seule, répondit-il en jouant distraitement avec son verre.

Elle repoussa sa coupe.

– Mais enfin ! Philippe...

En s'entendant appeler par son prénom, il releva la tête et dit, presque à voix basse, en se contrôlant le plus possible :

– Je veux vous serrer dans mes bras, vous embrasser...

– Mais... vous êtes fiancé !

– Vous croyez que je l'oublie !

– Dans ce cas, vos propos sont indécents!

– Mon désir pour vous est indécent!

Le souffle coupé, elle se leva.

– Je ne veux pas en écouter davantage!

Il lui saisit le bras et ajouta, le regard implorant :

– Permettez-moi au moins de rester auprès de vous. Ne serait-ce qu'un instant!

Tremblante, elle se rassit.

– Votre conduite est absurde! Dans moins d'un mois vos fiançailles seront annoncées officiellement. Si vous n'aimez pas cette fille, pourquoi l'épousez-vous?

– Je n'ai jamais pensé à l'amour quand je l'ai demandée en mariage.

– Vous n'êtes pas sérieux! s'exclama-t-elle, stupéfaite.

– Mais si! affirma-t-il en accompagnant ses paroles d'un mouvement du menton. Je ne suis même pas certain de vous aimer, vous.

Cette franchise lui fit l'effet d'une gifle. Elle sursauta et se leva si brusquement que sa chaise tomba.

– En tout cas, moi, je ne me pose même pas la question. Je sais que vous ne m'aimez pas!

Il lui reprit le bras, les yeux toujours fixés sur elle.

– Mais si je ne vous aime pas, pourquoi ne puis-je cesser de penser à vous?

– Laissez-moi partir, je vous en prie.

– Patsie... J'ai besoin de connaître vos sentiments à mon égard, insista-t-il en se levant à son tour.

– Pourquoi? demanda-t-elle d'une voix étranglée.

La poigne de fer se resserra autour de son poignet.

– Je ne sais pas ce que c'est. Et je voudrais le découvrir avant qu'il ne soit trop tard.

– Avant que vous ne soyez marié, voulez-vous dire? s'exclama-t-elle avec amertume. Si vous êtes aussi peu sûr de vous, vous feriez mieux de tout annuler!

– J'y ai pensé... et je le ferais si j'étais certain de la profondeur et de l'authenticité de mes sentiments pour vous. Je ne veux pas être la victime d'un désir passager que nous éprouverions l'un pour l'autre.

Elle se débattait pour essayer de se dégager.

– Je ne comprends rien à ce que vous racontez!

– Quand vous m'avez embrassé... Vous jouiez la comédie? Vous simuliez la passion? Je sais que vous admirez le château... et Paris n'est pas si passionnant...

La colère décupla ses forces et Patsie réussit à se libérer.

– Si vous croyez que je cherche à me faire aimer pour devenir la châtelaine de Vignan et grimper dans l'échelle sociale, eh bien, vous avez raison de vous préoccuper de votre égocentrisme! Il vous perdra, monsieur d'Olemane!

– Patsie! Comment trouver une solution à nos problèmes, si vous vous mettez sans cesse en colère!

– Je ne cherche pas à résoudre quoi que ce soit, moi! Ne renversez pas les rôles! C'est vous qui êtes dans une situation embarrassante!

– J'ai besoin de savoir si vous tenez à moi.

– Vous ne manquez pas d'aplomb! Il faut que je vous assure de mon amour avant que vous ne puissiez décider de consacrer quelques minutes pour essayer de voir clair en vous et de savoir si vous m'aimez ou non! Eh bien, je vais vous épargner cette peine! Non seulement je ne vous aime pas, mais vous ne m'êtes même pas sympathique.

Elle se détourna et descendit en courant les quelques marches qui conduisaient à la rue. Elle l'entendit appeler et se demanda ce que pouvait bien penser l'autre couple qui était attablé près d'eux.

Sans but précis, elle courait droit devant elle. Une seule chose lui paraissait importante : partir le plus vite et le plus loin possible de Philippe d'Olemane.

9

Aussitôt rentrée au château avec Martine LaSalle, Patsie prétendit souffrir d'une violente migraine. Elle refusa l'infaillible remède de bonne femme que lui proposa la vieille dame et la pria de l'excuser auprès de ses hôtes : elle était trop fatiguée pour dîner.

Elle se précipita dans sa chambre et se jeta sur son lit, se félicitant d'avoir un coin isolé à l'autre bout de la grande demeure. Personne ne risquait d'entendre ses sanglots.

Elle confia à son oreiller toute l'angoisse qui l'étreignait depuis des heures puis, encore hoquetante et les yeux rouges, elle s'assit et considéra la pièce d'un regard distrait : sur le secrétaire, elle aperçut le paquet d'épreuves qu'elle n'avait même pas ouvert.

Peu importait. Bonnes ou mauvaises, ces photos feraient l'affaire. Elle partirait dès le lendemain et Sydney n'aurait qu'à se débrouiller avec ce qu'elle rapporterait.

Jamais elle n'aurait dû accepter de venir ici ! Si seulement elle pouvait plier bagage dès ce soir, sans revoir personne ! Pour aller où ? Même Paris n'était pas assez loin !

Elle s'essuya les yeux et hoqueta. En Irlande ? Sa tante se plaignait toujours de ne pas la voir suffisamment. C'était l'endroit rêvé ! Elle y passerait une semaine ou deux, le temps de se reprendre quelque peu, puis elle irait à Londres chercher un emploi. Elle en avait assez de la France et des Français !

Ses larmes jaillirent à nouveau. Pourquoi parler d'annuler ses fiançailles tout à coup ? Il n'avait pas la moindre intention de le faire !

Pourtant il avait l'air si déprimé, si sincèrement décontenancé ! Comment un homme aussi sûr de lui pouvait-il hésiter de la sorte lorsque ses sentiments étaient en jeu ?

La première fois qu'il l'avait prise dans ses bras, il paraissait très bien savoir ce qu'il voulait! Pourtant...

Elle retint son souffle. N'avait-il pas dit – juste avant le coup de téléphone de Margot – qu'ils feraient mieux de fuir, l'un et l'autre... « dans des directions opposées »! Déjà alors il était indécis. Il avait essayé de gagner du temps. Le lendemain matin, dans son bureau, il lui avait demandé d'être patiente, alléguant qu'il n'y avait rien de définitif entre Margot et lui. C'était d'ailleurs à peu de chose près ce qu'il lui avait répété cet après-midi! Il ne pouvait tout changer d'un seul coup, avait-il affirmé.

Soudain elle eut la sensation de perdre pied. A aucun moment elle n'avait fait ce qu'il attendait d'elle. Depuis le début elle s'était fermée à tout. Et la patience? mieux valait ne pas en parler!

Et... son cœur se serra – et s'il était amoureux d'elle? Amoureux? Non, impossible! S'il l'était, il ne se poserait pas de questions! Elle, Patsie, n'avait pas besoin de s'interroger : elle savait bien qu'elle l'aimait!

Alors pourquoi ne le lui avait-elle pas avoué, cet après-midi? Décidément, son stupide orgueil la poussait toujours à faire le contraire de ce qu'elle souhaitait intimement! Peut-être Philippe était-il affligé du même défaut? Sans doute n'avaient-ils pas assez confiance l'un dans l'autre pour mettre leur cœur à nu!

Elle s'allongea. Si seulement il était là! D'un baiser, elle chasserait tous ses doutes. Elle mourait d'envie de le prendre dans ses bras. Elle en avait eu l'occasion aujourd'hui, mais elle l'avait repoussée. Y aurait-il une seconde fois?

Le soir descendait doucement sur la vallée. De sa fenêtre, enroulée dans un peignoir après une bonne douche, Patsie regardait l'ombre du château s'allonger et s'étendre sur le paysage.

Derrière elle, sur un secrétaire, s'étalaient les

photographies qu'elle avait fait développer. Après sa douche, elle les avait enfin longuement étudiées sans pouvoir se défendre d'une certaine fierté : elles étaient toutes excellentes! Les détails des pièces de collection bretonnes ressortaient parfaitement. Et le portail voûté qu'elle avait pris hier au coucher du soleil était encore plus impressionnant qu'elle ne l'avait espéré.

Elle avait un faible pour les deux premiers clichés qu'elle avait pris : le ballon s'élevant entre les tours du château dans le ciel bleu et cet instantané de Philippe sur son cheval.

L'objectif de Sydney l'avait immortalisé en plein élan, alors qu'il s'apprêtait à franchir la barrière avec sa monture. Elle porta la photo à ses lèvres. Celle-là n'était pas pour *La Revue*. Elle lui appartenait à elle seule.

Un faible bruit à la porte la fit sursauter. On avait frappé.

Probablement Martine qui lui faisait porter à dîner. Mais quand la porte s'ouvrit, ce fut la silhouette de Philippe qu'elle entrevit.

A sa vue, Patsie frissonna, comme s'il l'avait touchée. Elle était nue sous son mince peignoir et le contre-jour, si faible soit-il à cette heure, révélait chaque courbe de son corps.

Il entra et referma la porte.

— Vos paquets, dit-il calmement en les jetant sur le lit. Vous les avez oubliées sur la terrasse.

Elle le regarda s'approcher comme dans un rêve. « Il est ici, il est venu », chantait une petite voix intérieure. Mais elle demeura immobile, rivée au sol.

Elle entendit son nom exhalé comme un soupir et se retrouva dans ses bras.

Il lui couvrait le visage de baisers; la chaleur de ses mains transperçait le fin tissu de son déshabillé. De ses doigts fébriles, il lui effleurait les seins. Il la pressa contre lui.

— Oh! Philippe, gémit-elle, Philippe, mon chéri, mon bien-aimé!

Son étreinte se resserra et il l'embrassa sur les

lèvres. Ensemble ils découvraient dans chaque geste de l'autre un nouvel élan de passion qui les enflammait.

Finalement, tremblants et alanguis ils s'éloignèrent l'un de l'autre et se laissèrent tomber sur un petit sofa, devant la fenêtre. Il lui prit la main et la porta à ses lèvres.

– J'ai cru que ce dîner ne se terminerait jamais! J'étais si impatient de vous voir!

Tentant de reprendre pied dans la réalité, elle murmura :

– Après ce qui s'est passé cet après-midi, je suis étonnée que vous en ayez encore envie.

Il poussa un profond soupir et l'attira à nouveau à lui.

– J'avais trop besoin de vous tenir dans mes bras... murmura-t-il en enfouissant son visage dans ses cheveux, de vous entendre m'appeler chéri!

– Vous ne saviez pas que je le dirais.

– Si! En dépit de tout ce que vous m'avez raconté avant de vous enfuir...

– Peut-être auriez-vous mieux fait de m'écouter.

– Je savais que vous ne le pensiez pas, je l'ai vu dans votre regard, affirma-t-il en lui caressant la joue. Ces yeux... un océan dans lequel je rêve de m'engloutir depuis toujours, soupira-t-il.

– J'étais folle de rage.

– Mais plus maintenant.

Il l'embrassa à nouveau. Seul le tic-tac de la pendule rompait le silence de la chambre. Finalement, le visage en feu, les yeux mi-clos, il s'écarta légèrement.

– Je ferais mieux de partir, sinon je ne le pourrai plus.

Mais en disant ces mots, il se rapprocha à nouveau.

– Non, Philippe! nous avons trop de choses à clarifier! Margot, en premier lieu!

– Margot, répéta-t-il. Je l'avais complètement oubliée.

– Vous allez l'épouser. Vous ne pouvez pas avoir oublié cela!

Le regard sombre, il la fixa et s'exclama :

– Oh si! avec vous, je ne pense plus à rien, sauf que j'ai besoin de vous!

Et il esquissa un geste vers elle, mais elle se déroba.

– J'ai honte d'agir ainsi derrière le dos de Margot. Elle est si amicale envers moi!

– Vous changeriez d'avis si vous la connaissiez mieux, dit-il en ricanant.

– Vous ne parlez jamais d'elle avec tendresse.

– Parce que je n'en éprouve aucune.

– Mais alors comment pouvez-vous envisager de passer votre vie avec elle?

– Il est largement temps que je songe à me marier... et j'estimais qu'elle ferait une épouse convenable!

Patsie, stupéfaite, se redressa.

– Et maintenant que vous avec changé d'avis, vous allez tout simplement l'écarter de votre chemin?

– Personne ne peut prétendre écarter Margot. Elle est d'une ténacité à nulle autre pareille et quand elle vous tient dans ses serres... Il faut que je trouve une solution... Quelque chose qui lui paraisse plus avantageux que de m'épouser.

Patsie n'en croyait pas ses oreilles! Tant de cynisme!

– C'est-à-dire?

– Je ne sais pas... de l'argent... si je lui en offre suffisamment. Ou un château pour elle toute seule... mieux situé. Ne vous inquiétez pas. Tout finira par s'arranger, murmura-t-il en la prenant dans ses bras. Promettez-moi seulement d'être patiente. Mais n'y pensons pas maintenant. Ne gaspillons pas ces quelques brefs instants que nous pouvons passer ensemble.

Il l'embrassa et elle se laissa aller contre lui dans un total abandon; mais quand il entrouvrit son déshabillé et lui caressa la poitrine, dans un ultime sursaut, elle le repoussa.

– Nous ne devons pas... murmura-t-elle.

– Et pourquoi pas? demanda-t-il en fronçant les sourcils.

– Parce que vous ne m'aimez pas! balbutia-t-elle, le cœur battant.

Il sourit. Oh, que sa bouche était sensuelle, attirante!

– Vous pensez à ce que je vous ai dit cet après-midi?

– Naturellement!

– Il ne faut pas. Pas maintenant. (Il lui passa la main sur la nuque, voluptueusement.) Qu'est-ce que l'amour...? Est-ce ce terrible désir qui me ronge? Est-ce cette obsession qui m'empêche de dormir? Est-ce l'amour qui m'a conduit ici ce soir parce que je ne pouvais plus attendre de vous serrer contre moi?... Si c'est ça l'amour, j'en ai à revendre...!

– Ce n'est pas ça! dit-elle en se raidissant.

– Alors, c'est sans importance.

– Pour moi, c'est capital.

Elle n'en pouvait plus. Ses jambes ne la portaient plus, elle était brûlante de désir et pourtant elle trouva le courage d'ajouter :

– Je ne céderai jamais sans amour!

Cette affirmation parut l'amuser.

– Vous ne sauriez même pas me donner une définition convenable de l'amour!

Ces mots rompirent l'enchantement. Elle recula.

– Une définition? L'amour n'en a que faire! Il existe indépendamment de l'attirance physique, du délire des sens! Son rayonnement le guide, sa propre flamme l'exalte.

– Ne suis-je pas totalement enflammé? murmura Philippe en se rapprochant.

Patsie recula et s'adossa aux coussins du sofa. Un éclair de colère brilla dans les yeux de son compagnon.

– Je n'arrive pas à croire que vous refusiez cette chance inespérée de nous retrouver ensemble, au nom d'un sentiment ridicule bon pour les rêveurs, les romantiques!

Les yeux pleins de larmes, Patsie se leva.

– Pour moi, ce sentiment ridicule, comme vous

dites, existe! Je n'ai aucun pouvoir sur lui, même quand vous m'avouez en face que vous ne le partagez pas!

– Patsie...

Il se leva et fit quelques pas vers elle, mais elle se détourna, s'agrippant au secrétaire. Ses yeux s'arrêtèrent sur sa photo.

– Je voudrais que vous partiez..., murmura-t-elle.

– Patsie! écoutez-moi...

– Je vous en prie!

Elle demeura immobile, le regard fixé sur le cliché. Déchirée, elle entendit décroître le bruit de ses pas.

10

Après une nuit sans sommeil, Patsie se leva à l'aube et descendit dans le jardin pour admirer une dernière fois le lever du soleil sur la vallée scintillante de rosée.

Quel lieu admirable! Rien d'étonnant à ce que Philippe ait été horrifié à l'idée de le partager avec d'anonymes visiteurs! Elle avait compris que la seule chose qu'il pouvait aimer vraiment était son château!

Pouvait-on le lui reprocher? De ces murs imposants se dégageait une force immuable, aussi indispensable que l'air!

Elle frissonna. Heureusement, elle s'en allait. Encore un jour ou deux et elle se serait laissé envoûter, or, c'était un risque qu'elle ne pouvait courir.

Avec un soupir elle porta son attention sur des sujets plus terre à terre. Il lui restait encore quelques clichés à prendre; ensuite, elle irait faire ses adieux à Martine LaSalle et peut-être aussi à Margot. Elle n'avait pas la moindre idée de la manière dont elle regagnerait Perpignan; elle trouverait bien quelqu'un qui pourrait l'y emmener.

Elle s'entendit appeler sèchement. Margot, dra-pée dans une élégante robe de chambre de satin rose, se tenait à la porte du jardin d'hiver.

— Vous m'avez fait peur, dit Patsie avec un sou-rire. Je pensais que tout le monde dormait encore. Vous êtes très matinale.

— Quand on ne peut pas dormir, il est inutile de rester au lit. A moins, bien sûr, que l'on n'y soit pas seul !

Qu'entendait-elle par là ? Que lui arrivait-il ? Etait-elle toujours d'aussi méchante humeur à son réveil ?

— Je suis désolée que vous ayez passé une mau-vaise nuit !

— Venez ici, lui ordonna Margot, j'ai à vous par-ler.

Le cœur de Patsie bondit dans sa poitrine. Il devait s'agir de Philippe et elle n'avait aucune envie d'aborder avec Margot un chapitre désormais clos. Dans quelques heures à peine, elle serait loin.

— Je crains de n'avoir pas beaucoup de temps, déclara-t-elle le plus aimablement possible. J'ai du travail à faire avant que la lumière ne soit trop crue !

— Je me moque de votre travail. Cela ne m'inté-resse en aucune façon — pas plus que vous d'ail-leurs ! J'en ai assez de jouer au chat et à la sou-ris !

— Je ne comprends pas. Depuis quand jouons-nous ?

— Vous le faites exprès ! railla Margot.

Conservant son sang-froid au prix d'un sérieux effort, Patsie poursuivit :

— J'étais persuadée que votre amabilité était sin-cère.

— C'est exactement ce que je voulais vous faire croire, tant que cela servait mes desseins. Mais ce n'est plus la peine.

— Et quels sont ces mystérieux desseins ?

— Je suis certaine que vous le savez mais puisque vous vous obstinez à jouer les naïves, je me ferai un plaisir de vous l'expliquer.

Avec sa grâce féline habituelle, Margot pénétra dans le jardin d'hiver.

Patsie la suivit lentement, essayant de deviner quelles seraient les accusations de Margot. Sans doute était-elle au courant de la visite de Philippe la veille au soir. Et c'était vraisemblablement pour cette raison qu'elle n'avait pas fermé l'œil de la nuit. Mais que savait-elle d'autre?

Margot se carra, comme une reine, dans un fauteuil à très haut dossier et entra dans le vif du sujet.

– Quel tour de passe-passe nous réservez-vous? Vous n'êtes tout de même pas assez sotte pour vous imaginer que Philippe va vous épouser! Il a certes perdu la tête mais pas à ce point-là! Vous voulez de l'argent? Vous en a-t-il déjà donné? demanda-t-elle en clignant des yeux.

Ce discours était si inattendu et si insensé que Patsie, en dépit du choc qu'elle venait de recevoir, faillit éclater de rire.

– C'est vous qui deviez me fournir des explications, rappela-t-elle simplement.

– Je le ferai le moment venu. Je voudrais d'abord savoir combien de temps encore vous avez l'intention de rester ici.

Elle fut sur le point de dire la vérité, mais se reprit. Margot avait éveillé sa curiosité et elle avait envie d'en apprendre davantage.

– Je ne sais pas. Ça dépend... Pourquoi voulez-vous le savoir?

– Parce que, désormais, c'est moi qui décide. Primo, que vous demeuriez ici longtemps ou pas, plus jamais vous ne serez seule avec Philippe. Secundo, n'allez pas vous mettre dans la tête que vous pourrez le rencontrer secrètement. Je sais qu'il est allé vous voir dans votre chambre, hier soir. Je sais que vous avez passé un moment seule avec lui dans son bureau. Avant même d'avoir quitté Nice, je savais que vous étiez ici et que vous alliez y passer la nuit.

Patsie en avait assez entendu.

– Une minute, s'il vous plaît. Je suis venue ici pour des raisons professionnelles, uniquement!

– Peut-être... Mais vous avez commis l'erreur de tomber amoureuse de votre sujet, c'est cela, n'est-ce pas? ajouta-t-elle, ravie d'avoir réussi à exaspérer son adversaire.

Patsie rougit.

– Vous me le demandez ou c'est une affirmation?

– Je n'ai pas besoin de vous le demander. Cela se voit. C'est écrit sur votre stupide visage chaque fois que vous regardez Philippe.

– Il me semble, répliqua-t-elle plus rouge que jamais, que si vous en êtes à espionner votre fiancé, c'est que vous n'êtes pas très sûre de vous!

La remarque fit mouche mais Margot ne tarda pas à retrouver tout son aplomb.

– Philippe n'est pas un saint! Comme n'importe quel homme, il profite de ce qu'on lui offre. A moi de le surveiller.

Patsie n'en pouvait plus! Il fallait lui rabattre le caquet!

– Comment savez-vous qu'il n'est pas déjà trop tard?

Un mauvais sourire découvrit les belles dents blanches.

– Je connais Philippe et je sais que lorsqu'il n'a pas pu obtenir ce qu'il désire, il est comme un ours en cage. Il était presque enragé, quand il est revenu de chez vous hier soir. Ne vous inquiétez pas! Si c'était fait, comme vous dites, je le saurais!

Son rire de gorge emplit la pièce. Patsie était allée trop loin pour reculer maintenant.

– Savoir est une chose; prévoir et intervenir à temps à la prochaine occasion en est une autre.

La réponse de Margot claqua comme un coup de fouet.

– Si cela se reproduit, je vous jure que Philippe entendra les murs de son château s'écrouler autour de lui! Ne vous y trompez pas, je ne plaisante pas!

La gorge sèche, le cœur battant, Patsie parvint cependant à répondre avec désinvolture :

– Vous présumez de votre pouvoir !

– Oh ! non, lança Margot. Essayez, vous verrez.

Ebranlée, Patsie se leva.

– Vous ne me faites pas peur. Si Philippe vous entendait, il en rirait. Mais cela n'a plus aucune importance. J'ai terminé ce que j'avais à faire et je compte partir avant midi (Elle se tut un moment pour savourer son triomphe.) Vous voyez, Margot, vous vous êtes démasquée inutilement. Si vous étiez dominée un peu plus longtemps, j'aurais gardé un merveilleux souvenir de la charmante et ravissante future maîtresse du château de Vignan. Maintenant j'emporterai l'image d'une peste.

La réponse meurtrière ne vint pas. Margot se laissa aller contre le dossier de son fauteuil et déclara avec un sourire mielleux :

– Vous avez beaucoup plus de classe que je ne le pensais !

– Je crains que vous ne sous-estimiez souvent les autres ! répondit Patsie, piquée au vif.

Ignorant cette remarque, Margot, toujours souriante, ajouta :

– J'étais convaincue que vous alliez bêtement courber l'échine et vous cramponner. Mais rendre les armes aussi vite, je vous félicite !

– Je ne capitule pas le moins du moinde. Dès hier j'étais décidée à partir aujourd'hui. Mon travail est terminé et ma décision n'a rien à voir avec vos charmants propos !

– Cela m'est complètement égal. Ce qui m'importe c'est que vous partiez.

Rien que pour lui être désagréable, Patsie aurait volontiers modifié ses projets. Mais elle n'avait plus le courage de lutter contre ses sentiments pour Philippe.

Sans un mot elle quitta la pièce. Elle avait perdu la bataille, une bataille inégale où elle était battue d'avance.

Patsie était trop bouleversée pour prendre les quelques clichés qui lui manquaient encore. Elle décida de monter faire sa valise avant de terminer son travail.

Malheureusement, il ne lui fallut pas plus d'une demi-heure pour emballer son maigre paquetage. C'était bien trop peu pour lui donner le temps de retrouver son calme. Elle soupira, mit ses bagages dans le couloir et appela un domestique pour qu'il vienne les chercher.

Dans sa fuite après son altercation avec Margot, elle avait heurté le jardinier occupé à remplir de fleurs la camionnette. Se souvenant alors que Philippe veillait à ce que la cathédrale de Perpignan soit toujours fleurie, elle s'était donc entendue avec le jardinier pour qu'il l'emmène avec lui dans le milieu de la matinée.

Elle regarda sa montre : elle avait plus d'une heure devant elle. Si elle renonçait à photographier les douves qui n'avaient guère d'intérêt, elle avait le temps de se reposer et de dire au revoir à Martine LaSalle.

Elle s'approcha de la fenêtre.

Sur une butte, juste au pied du château, Philippe, aidé de plusieurs domestiques, gonflait son ballon.

Un instant, elle oublia tout, enchantée de voir qu'il était en état de reprendre l'air. Mais presque au même moment, elle aperçut Margot et comprit que tous deux se préparaient à s'envoler.

De loin ils formaient un couple extraordinaire. Grands et élancés tous les deux, ils étaient parfaitement assortis. Quel dommage qu'aucun des deux n'aimât l'autre !

Désespérée, elle leur tourna le dos. Sa tristesse était revenue. Les propos venimeux de Margot l'obsédaient.

Restait une maigre consolation : Margot avait beau prétendre que rien ne s'était passé entre Philippe et Patsie, elle n'en était pas absolument certaine. Dès le début, elle s'était trahie. Si ses informations avaient été complètes, elle n'aurait pas eu besoin de sommer Patsie de lui dire quel tour de passe-passe elle gardait en réserve. Patsie se surprit à sourire. Margot avait peur. Et pourtant...

La façon dont elle avait menacé de faire crouler le château si Patsie ne renonçait pas à voir Philippe était terrifiante. Margot leur réservait un de ses tours. De quoi s'agissait-il? Que pouvait-elle contre Philippe? Avec un nom connu depuis près de six siècles, il était aussi inattaquable que le président de la République. Sans doute était-ce du bluff! Oui... C'était sûrement cela... Mais le sentiment de crainte persistait.

Tout à coup elle se souvint que tout cela ne la concernait plus. « Tu t'en vas, ne l'oublie pas », se dit-elle comme pour se faire la leçon.

Demain à cette même heure elle serait chez elle, rue du Mont. La semaine prochaine elle partirait pour l'Irlande. Quel que soit le rôle qu'elle avait joué dans la vie de Philippe et de Margot, c'était du passé. C'était un peu triste de penser que Philippe ne ferait pas un mariage heureux. Margot était une insupportable enfant gâtée. Jamais il ne connaîtrait le bonheur auprès d'elle.

D'ailleurs, le sort de Margot n'était pas plus enviable. Quelle sorte de mari serait Philippe s'il se mariait seulement parce qu'il en était temps? Il avait avoué ne rien éprouver pour Margot.

Peut-être, après tout, ne méritaient-ils pas mieux l'un et l'autre? Ils pouvaient bien se battre jusqu'à la fin de leurs jours s'ils en avaient envie, cela lui était totalement indifférent! Et pourtant... pourquoi son cœur était-il si douloureux? Elle s'arrêta sur le seuil de sa chambre et contempla une dernière fois la ravissante pièce.

Elle était folle de se sauver ainsi au lieu de se battre pour le seul homme qu'elle aimerait jamais. Toute la passion qu'elle refoulait depuis si longtemps éclata soudain, faisant tomber toutes ses résolutions.

Elle désirait Philippe corps et âme... mais ne pouvait envisager la vie sans son amour. Et, parce que pour elle c'était tout ou rien, elle avait choisi la deuxième solution. Elle allait quitter le château de

Vignan avec le souvenir de quelques baisers furtifs, alors qu'elle aurait pu avoir infiniment plus si elle n'avait pas été aussi orgueilleuse.

Elle réprimait ses désirs les plus naturels parce qu'on lui avait inculqué depuis sa plus tendre enfance des principes moraux stricts et démodés; parce que, trop romantique, elle était convaincue que l'amour était la seule base durable entre un homme et une femme.

Patsie s'affala dans un fauteuil. Elle avait mal à la tête. Dieu merci, elle partait! Philippe l'avait envoûtée. S'il était entré à cette minute, il aurait pu la prendre sans qu'elle esquisse le moindre geste de défense. Elle rougit de confusion à cette pensée, mais devant le trouble qu'elle ressentait, elle dut se rendre à l'évidence : lorsqu'il s'agissait de Philippe elle était toute prête à s'abandonner.

11

Quand Patsie pénétra dans le jardin d'hiver pour y saluer Mme LaSalle, elle eut la surprise d'y trouver également Margot.

Leurs regards se croisèrent et Margot lui adressa son plus gracieux sourire. La comédie de l'amitié semblait à nouveau de mise, du moins en présence de la vieille dame.

– Elle arrive juste à temps, fit gaiement remarquer Margot.

A temps pour quoi? Pour la voir partir avec Philippe en ballon?

La vieille dame posa sa tasse et se tourna vers Patsie.

– Ce n'est pas sérieux, vous ne partez pas aujourd'hui ma chère enfant? Philippe m'a dit lui-même qu'il espérait que vous resteriez jusqu'au bal!

Margot fit la moue.

– Vous connaissez Philippe. Il a toujours peur de

ne pas se montrer assez hospitalier! dit-elle en se souvenant brusquement qu'elle devait sourire. Il ne comprend pas que Patsie ne puisse se permettre de négliger son travail!

– Qui est maintenant terminé, annonça Patsie à Mme LaSalle. Je vous remercie d'avoir rendu mon séjour ici aussi agréable.

– Mais, ma chère, nous nous sommes tous tant attachés à vous!

– C'est tout à fait vrai, renchérit Margot.

Soudain, Martine se leva.

– Philippe sait-il que vous partez? J'en doute. Sinon, il m'en aurait parlé au petit déjeuner. Je vais l'envoyer chercher...

– Je vous en prie, n'en faites rien.

En disant cela, elle faisait certainement plaisir à Margot, mais peu importait : à la seule idée de se trouver face à face avec Philippe, son cœur chavirait.

– Peut-être que Mlle Ryan et Philippe se sont déjà fait leurs adieux, suggéra Margot d'une voix suave.

– Non, mais je suis sûre que vous serez ravie de le faire à ma place.

– Avec le plus grand plaisir, si toutefois cela peut attendre mon retour.

– Margot part pour Tours. Elle y restera une semaine, expliqua Martine LaSalle. Quant à Philippe, il se rend à Lyon en ballon. J'espérais que vous me tiendriez compagnie en leur absence, dit-elle en regardant Patsie, une ombre de tristesse dans les yeux. Mais cela ne fait rien; je retournerai chez moi un peu plus tôt que prévu. Bien que, continua-t-elle en se tournant vers Margot, je n'aie pas prévu d'y aller avant votre départ pour le concours hippique de Limoges.

– Vos projets m'importent peu, interrompit Margot, agacée. Nous n'avons certainement pas besoin de vous à Limoges. D'ailleurs, si je m'amuse à Tours, je n'irai peut-être pas à Limoges.

Ainsi, Philippe et Margot ne partaient pas ensemble; ils n'allaient pas au même endroit! Patsie n'en revenait pas.

– Vous n'irez pas? demanda Martine, aussi stupéfaite que Patsie. Mais Philippe compte sur vous pour les épreuves par équipe!

– Il se débrouillera ou alors il n'aura qu'à abandonner la compétition. Il s'en fiche et, d'ailleurs, si vous voulez mon avis, c'est mortellement ennuyeux! Le pire, ce sont les quelques jours qu'il faut passer ensuite dans cette ferme de malheur.

– Oh, pourquoi? Cette ferme est merveilleuse! s'écria Martine.

– Alors allez-y, répliqua sèchement Margot. A propos, ajouta-t-elle en se tournant vers Patsie, vous pourriez venir avec moi jusqu'à Tours. C'est René qui conduit.

– Non, je vous remercie.

– Mais si, venez!

Martine fronça les sourcils.

– Si elle ne le souhaite pas, Margot...

– On me conduit à Perpignan, précisa Patsie.

– Et qui donc? demanda Margot.

– Le jardinier, répondit Patsie avec un sourire ironique. Inutile de vous inquiéter.

– Oh! je ne m'inquiète nullement. Du moment que l'on prend soin de vous. J'ai été ravie de faire votre connaissance et je lirai avec plaisir votre article... s'il voit jamais le jour! poursuivit-elle avec une moue méprisante.

– Mais...

Stupéfaite, Martine regarda Margot s'en aller.

– Quels étranges propos! Qu'a-t-elle voulu dire, Patsie?

La jeune fille n'avait même pas entendu ce que disait la vieille dame car, au moment où Margot sortait, Philippe entrait par la porte-fenêtre qui donnait sur le parc.

Vêtu d'un pantalon de fine gabardine rouille et d'une chemise de soie souple laissant deviner sa solide musculature, il tenait à la main une bouteille de champagne qu'il leva en guise de salut.

– Quelqu'un aimerait-il boire à mon heureux

atterrissage? demanda-t-il d'un ton badin que démentaient ses yeux noirs.

– Je crains que vous n'arriviez trop tard pour que Margot puisse le faire. Elle vient de nous quitter, dit Martine, mais Patsie et moi vous adressons tous nos vœux avec joie, ajouta-t-elle en lui tendant sa joue. Partez-vous bientôt?

– J'attends que le vent soit propice. Mais j'espère pouvoir prendre l'air dans un quart d'heure.

Il se tourna vers Patsie et parut étonné de la voir habillée d'un tailleur et chaussée de sandales à hauts talons.

– Que se passe-t-il? Vous ne portez pas votre habituel costume de chasseur d'images.

– Patsie nous quitte, soupira Martine. Je voulais vous faire prévenir mais...

– Je vous savais très occupé, intervint Patsie. J'ai aperçu le ballon par la fenêtre, tout à l'heure. Je suis heureuse de voir qu'il est réparé.

– Moi aussi. Vous n'avez jamais vu un ballon de près, n'est-ce pas? Pourquoi ne viendriez-vous pas y jeter un coup d'œil. Je vous montrerai la nacelle.

– Merci, c'est très aimable de votre part, répondit-elle en rougissant, mais je n'en ai guère le temps. Je dois partir.

– Avec le jardinier, paraît-il? Alors vous avez encore quelques minutes : il n'a pas fini de préparer ses bouquets, dit-il en l'entraînant vers la porte.

– Mais... je ne voudrais pas le faire attendre, objecta Patsie.

– Allez-y, insista Martine. Cela vous amusera, je vous assure. C'est un vrai spectacle!

La porte se referma sur eux.

– Ainsi, vous avez cru pouvoir vous sauver, murmura Philippe d'un air sombre dès qu'ils se furent éloignés.

– Je ne me sauve pas.

– Il me semble pourtant que la moindre des politesses veuille que l'on remercie son hôte, ajouta-t-il sur un ton de reproche.

Pourtant, si Patsie avait eu le courage de le

regarder en face elle aurait vu le sourire qui éclairait son visage.

– Nous nous sommes tout dit hier soir, il me semble.

Il ne répondit pas et ils gagnèrent en silence le pré où se dressait le ballon. Le vent commençait à se lever.

– Venez, dit-il, j'ai juste le temps de vous montrer l'intérieur avant qu'on ne largue les amarres. Montez dans la nacelle. L'impression est toute différente, quand on a le ballon au-dessus de la tête.

– Vous avez sûrement raison, mais...

Sans tenir compte de son hésitation, il lui tendit la main pour l'aider à enjamber le rebord de l'habitacle.

– Vous pourrez ajouter un intéressant paragraphe à votre article!

Malgré son angoisse à l'idée d'être à nouveau près de Philippe, Patsie mourait d'envie de lui obéir et finalement, elle céda à la tentation. Elle lui tendit la main et il l'aida à se hisser à bord.

C'était fantastique!

Elle s'appuya au rebord de la nacelle, et contempla le château. Elle se mit à rire.

A ses côtés Philippe souriait. Il lui passa un bras autour de la taille. Mais elle était si fascinée par sa nouvelle aventure qu'elle ne s'en aperçut pas.

– On pourrait se croire revenu des siècles en arrière! s'exclama-t-elle.

– En effet. La première montgolfière a pris l'air en France en 1783.

– Si j'en juge par le plaisir qu'il y a déjà à être dans cette nacelle encore rivée au sol, l'impression de survoler le paysage doit être fabuleuse!

– Laissez-moi vous montrer tout mon matériel. Pourquoi ne vous asseyez-vous pas? proposa-t-il en faisant de la place sur le tapis qui recouvrait le sol.

Elle lui obéit puis reporta son attention sur un petit fourneau dont il activa le foyer. Peu après il jeta par-dessus bord un sac de toile bien rempli.

– Qu'est-ce que vous faites?

– Nous n'en avons pas besoin. Ni de celui-ci non plus.

Et un second sac prit le même chemin que le premier!

– C'est du lest, expliqua-t-il joyeusement. On le jette habituellement pendant l'ascension.

Trois autres paquets allèrent rejoindre les deux premiers.

– Vous êtes trop chargé? demanda-t-elle, intriguée par ce qu'il faisait.

– Exactement.

Une petite lueur dansait dans ses yeux, mais Patsie était beaucoup trop absorbée pour s'en apercevoir.

– Et ce petit fourneau, à quoi sert-il?

– A chauffer l'air dont nous avons besoin.

– Ah!... Tout semble prêt pour votre départ, maintenant, dit-elle en se levant. Si je ne veux pas jouer les passagers clandestins, je...

Elle se tut, le souffle coupé! A sa gauche elle vit le château qui s'éloignait lentement. Au-dessous d'elle, la route de Perpignan ressemblait à un long ruban jeté sur un tapis de verdure.

– Mais nous avons décollé! s'exclama-t-elle.

Philippe se rapprocha.

– Mon Dieu! Comment cela est-il arrivé? dit-il en riant.

– Comment allons-nous redescendre? cria-t-elle.

– Ne vous affolez pas. Je vous jure qu'il n'y a pas de quoi! Et puisque nous sommes en l'air, pourquoi ne pas profiter de notre petite promenade.

Un instant elle s'arracha à la contemplation du paysage.

– Le jardinier doit m'attendre.

– A mon avis il est parti sans vous, murmura-t-il. Regardez, il y a des promeneurs qui nous font de grands signes!

Elle se pencha et les salua à son tour. A leurs pieds un paysage enchanteur se déroulait comme les images d'un film au ralenti. Elle était fascinée.

Philippe la regardait, les yeux pleins de tendresse.

– C'est merveilleux, n'est-ce pas? dit-il au bout d'un long moment.

Elle hocha la tête. Comment aurait-elle pu prononcer une seule parole? Au-dessous d'eux de petites maisons aux toits de tuile rose, des champs, des bosquets, des moutons aussi petits que des figurines de crèche défilaient lentement.

– Tout semble bouger, sauf nous, chuchota-t-elle. Et ce silence! Ça n'a rien à voir avec l'avion!

– Nous avançons exactement à la vitesse du vent; c'est pourquoi vous avez la sensation d'être immobile.

– Croyez-vous que les oiseaux ressentent la même chose?

– Dès que nous en verrons un, nous le lui demanderons!

Brusquement elle alla de l'autre côté de la nacelle.

– Oh! regardez, les arbres sont à l'envers.

Un peu plus tard, ils survolèrent une ville. Des enfants les saluèrent joyeusement en agitant leur cartable. Elle leur rendit leur salut.

– Où sommes-nous? demanda-t-elle.

– Au-dessus d'Albi probablement. Oui, c'est cela. Voici la cathédrale, affirma-t-il en l'entourant de son bras.

Pendant quelques instants, leurs regards se croisèrent et Patsie sentit son cœur bondir dans sa poitrine.

– Il faudrait peut-être que nous rentrions, dit-elle d'une petite voix.

– Vous le désirez vraiment?

La gorge serrée, elle hocha la tête affirmativement.

– Mais vous n'avez pas cessé de regarder le paysage. Vous ne savez même pas comment marche ce ballon! Que pourrez-vous raconter à vos lecteurs?

Elle s'écarta un peu de lui.

– Je n'ai pas besoin de faire un article scientifique.

– Et vous? Cela ne vous intéresse pas?

Elle pouvait à peine parler tant elle était émue.

– J'ai vu à quoi servait le fourneau et j'ai compris ce que vous faisiez avec le lest. Ce que je me demande, c'est pourquoi vous ne naviguez pas.

Un grand sourire illumina le visage de son interloteur.

– Parce que je ne peux pas, répondit-il avec une gaieté désarmante. Je peux seulement monter et descendre.

– Vous voulez dire que nous ne pouvons pas retourner en arrière? s'exclama-t-elle, incrédule.

– Pas exactement, répondit-il en riant.

– C'est-à-dire?

– Si nous voulions vraiment faire demi-tour, je pourrais faire monter le ballon en ajoutant un peu d'air chaud grâce à ce fourneau à propane; ou bien je pourrais en enlever et nous descendrions.

– Mais je ne veux ni descendre ni monter! cria Patsie. Je veux rentrer.

– Pour cela, continua-t-il patiemment, il faut trouver des courants qui nous emmènent dans la bonne direction, soit au-dessus, soit au-dessous de nous.

– Vous feriez bien de chercher dès maintenant,

– Etes-vous vraiment obligée de rentrer à Paris aujourd'hui?

– Mon travail au château est terminé.

– Vous n'avez pas répondu à ma question.

– Oui! je dois rentrer aujourd'hui!

Si seulement il ne la regardait pas de cette façon, s'il n'était pas si près, si le ciel n'était pas si bleu, si...

– Pourquoi?

Les larmes lui montèrent aux yeux.

– Vous savez bien pourquoi! Devez-vous absolument m'humilier chaque fois que nous sommes ensemble?

– Vous humilier? C'est bien la dernière chose à laquelle je songe! dit-il en la prenant dans ses bras et en la couvrant de baisers.

– Alors ne me touchez plus. Ne vous moquez pas de moi qui ai osé vous avouer mes sentiments.

D'un doigt il lui souleva le menton. Ses yeux

étaient brillants de désir, un désir qui la bouleversait.

– Mais moi, je ne suis pas sûr des miens. Ne pouvez-vous me donner une chance de les découvrir?

Elle s'écarta et regarda le paysage : à ses pieds serpentait une rivière près de laquelle des vaches paissaient paisiblement dans un champ bien vert tacheté de fleurs pourpres. Flotter ainsi en plein ciel auprès de Philippe tenait du rêve. Jamais ils ne seraient plus isolés, plus éloignés de toute réalité.

– Même si je voulais rester, finit-elle par dire, je ne le pourrais pas, Philippe. C'est dangereux.

Il la reprit dans ses bras.

– Dangereux? Et pourquoi?

– Margot m'a menacée. Ou plutôt elle vous a menacé, vous, à travers moi.

– Où? Quand?

Le plus calmement possible elle lui répéta sa conversation du matin.

– Elle m'a mise en demeure de ne plus vous revoir, sinon, a-t-elle ajouté, elle ferait crouler le château autour de vous.

– Il n'y a pas lieu de s'inquiéter. Elle ne peut pas nous faire de mal. Ni au château d'ailleurs... à moins de le faire sauter à la dynamite, ce qui est assez difficile à imaginer.

– Elle parlait sérieusement, je vous le jure. Si vous l'aviez entendue...

– Oh! j'imagine aisément son ton. C'est une enfant gâtée qui pique d'effroyables colères quand quelque chose lui résiste. Mais cela ne dure pas!

– Je crains que vous ne la sous-estimiez! Elle vous fait espionner, vous savez.

– Peut-être, mais pas ici. Ici, dit-il en l'obligeant à se pencher pour lui montrer l'ombre du ballon sur la vallée, les espions, c'est nous. Regardez! Si nous avions des jumelles nous pourrions savoir ce que cette paysanne a préparé à déjeuner!

En dépit de son anxiété, elle rit.

– Si seulement la vie ressemblait à ce voyage!

murmura-t-elle. Pas de scène, pas de bruit. Juste une glissade sur le vent!

Il l'embrassa fougueusement, longuement, la serrant très fort contre lui. Toute sa volonté de résistance s'évanouit et, dans un frénétique élan de passion, elle répondit à son baiser. Pourquoi ne pouvaient-ils rester ainsi liés l'un à l'autre, entre ciel et terre, pour le restant de leurs jours. Sans responsabilités, sinon l'un envers l'autre, sans destination précise, sinon leurs bras?

A regret, Philippe s'écarta.

– J'ai affaire maintenant, annonça-t-il. Regardez au-dessous de nous.

– La rivière? Comment s'appelle-t-elle?

– La Dordogne. Ce qui veut dire que nous sommes presque arrivés.

Elle sursauta.

– Arrivés où?

Dans un épouvantable sifflement l'air s'échappa du ballon.

– A la ferme. Suivez la rivière, à votre gauche. Dans un moment vous apercevrez une maison derrière un bouquet de noyers.

Avec des gestes précis, rapides, il s'activait, parfaitement maître de la manœuvre. Doucement, le ballon perdait de la hauteur.

– Ah! oui, s'écria-t-elle. Je crois que je la vois. On dirait qu'une douzaine de personnes vous attendent.

– En effet. Ils rapatrieront le ballon.

– Mais... Martine m'a dit que vous alliez à Lyon. Pourquoi vous attendent-ils ici et non là-bas?

– Je ne dis pas toujours toute la vérité à Martine. De toute façon, ça ne l'intéresse guère de savoir où je vais, ni avec qui je suis.

Une nouvelle fois Patsie sentit l'appréhension lui nouer la gorge.

– Mais cela intéresse sûrement Margot!

– Oubliez-la, voulez-vous. Je veux que vous profitiez pleinement de la descente.

Aussi délicatement qu'un papillon se pose sur une fleur, ils atterrirent au milieu d'un champ. Comme une colonne de fourmis, le petit groupe qui les attendait se précipita sur la nacelle et, avant que Philippe n'ait réussi à faire sauter le bouchon de la traditionnelle bouteille de champagne, toutes les amarres étaient en place.

— Nous voilà posés sur notre domaine, ma chérie, dit-il en levant sa coupe. Il n'y a pas de Margot ici... et personne n'a besoin de savoir où nous sommes. Pendant une semaine, nous allons pouvoir profiter de notre solitude. A notre bonheur!

Une douzaine d'objections se présentèrent à l'esprit de Patsie, mais elle ne dit mot et se contenta de boire à leur bonheur. Une semaine, tout seuls!

Le destin lui offrait une seconde chance. Quelle importance si, plus tard, elle s'apercevait qu'elle s'était trompée! Elle avait toute la vie pour ressasser ses regrets, mais seulement une semaine à partager avec Philippe!

12

Jamais Patsie n'avait rien vu de plus agréable que cette ancienne ferme sur les rives de la Dordogne.

Elle n'avait certes pas l'austérité du château mais ses vieux murs de pierre et de torchis, son toit de tuiles abricot semblaient avoir existé de toute éternité. Bâtie sur le versant ensoleillé d'une colline, elle était entourée de champs de maïs, de vignobles qui descendaient doucement jusqu'à la rivière et de noyers plus que centenaires.

Le corps principal des bâtiments était occupé par une vaste salle de séjour avec un coin repas donnant sur des prés où paissaient quelques vaches, et une cuisine rustique. Un escalier de bois conduisait à une grande chambre très confortable avec une cheminée et à une salle de bains.

Dans une aile, on avait aménagé plusieurs autres chambres agrémentées de salles de bains; dans l'autre il y avait une immense salle de jeux avec un billard, un ping-pong, une table de tric-trac et, aux murs, une impressionnante collection de harnais réunie par l'arrière-grand-père de Philippe.

– C'est merveilleusement accueillant! s'exclama Patsie quand elle eut tout visité. Mais ce que je préfère, c'est la cuisine, dit-elle en caressant le vieil évier de pierre, poli par les ans.

Philippe, derrière elle, lui embrassa la nuque.

– Je suis ravi qu'elle vous plaise parce que vous allez devoir vous en servir!

Elle se retourna et, lui caressant le menton:

– Vraiment? Et qu'auriez-vous fait si je n'étais pas venue?

– Mme Londine, la femme du métayer, s'en occupe habituellement. Mais nous n'avons que faire d'intrusions intempestives, n'est-ce pas? Je préférerais manger des haricots en boîte tous les jours plutôt que d'être dérangé.

A ces mots, Patsie sentit une vague inquiétude se mêler à son plaisir. En acceptant de vivre sous le même toit que Philippe, dans cet endroit de rêve, elle avait accepté de changer d'attitude... mais y parviendrait-elle?

– Merci bien! Ne vous en faites pas, nous n'aurons pas à manger de haricots!

Elle s'écarta et ouvrit un placard.

– Mais il est vide! s'exclama-t-elle. Il va falloir faire des courses.

– Dressez-moi une liste. Pendant que vous vous changerez, je l'apporterai à Mme Londine; elle trouvera bien quelqu'un pour aller au village.

Pour la première fois depuis qu'elle avait quitté le château de Vignan, Patsie pensa à ses bagages.

– Philippe! s'écria-t-elle. Ma valise! Elle est dans la camionnette du jardinier. Je n'ai rien à me mettre en dehors de ce que j'ai sur le dos!

Philippe eut un petit sourire.

– Vous n'aurez pas besoin de beaucoup de vêtements!

– Mais si, protesta-t-elle en rougissant. Que vais-je faire?

Il la prit dans ses bras et avec beaucoup de douceur, comme s'il s'adressait à une petite fille timide, il expliqua :

— Il se trouve qu'un de mes hommes, ce matin, a déposé votre valise dans la nacelle, pendant que vous parliez à Martine. Vous étiez assise dessus, sans le savoir, puisqu'elle était sous le tapis.

— Le traître! Et sûr de lui en plus! Comment saviez-vous que j'accepterais de vous suivre?

— Vous n'avez rien accepté! Je vous ai enlevée. Que pouviez-vous faire, sinon sauter dans le vide?

Son parfum, le contact de sa peau contre sa joue la troublaient profondément. Tout ce qui avait compté pour elle jusqu'à présent disparaissait devant l'ardeur de son désir. Elle respira à fond et se redressa.

— C'est tout à fait par hasard que vous m'avez trouvée. J'étais sur le point de m'en aller.

Il secoua la tête.

— C'était écrit dans les astres... Fort à propos, Margot est venue m'annoncer votre départ. Elle m'a même assuré que vous partiez avec elle, ce qui m'a laissé sceptique. Je suis remonté au château pour en avoir le cœur net et, chemin faisant, j'ai aperçu votre valise dans la camionnette du jardinier. Je l'ai fait porter dans la nacelle. (Il l'embrassa.) Le ballon a fait le reste. Je me suis souvenu de votre émerveillement en le voyant, le premier jour, au-dessus de vous, dans le pré. J'étais certain que vous ne résisteriez pas à la tentation de l'observer de plus près et de monter à bord, si on vous le proposait.

— Qu'arrivera-t-il quand l'espion de Margot lui apprendra que nous sommes ici?

— J'ai flanqué l'espion à la porte, ce matin!

— Qui était-ce?

— Cette petite dame qui nous a servi le thé sous la tonnelle, le matin de votre arrivée, vous vous souvenez? Elle a dû aussitôt appeler Margot à Nice pour la prévenir... Et hier soir je l'ai trouvée devant la porte de votre chambre, au moment où je sortais. Elle portait un plateau pour se donner une contenance, mais je ne me suis pas laissé berner.

– Margot est-elle au courant?

– Maintenant, je suppose que oui. En arrivant à Perpignan cette femme a dû appeler au château. Mais Margot était déjà partie et cette fouine de malheur aura dû attendre que Margot soit arrivée à Tours pour lui raconter toute l'affaire.

– Elle va être folle de rage!

– Eh bien, tant mieux pour elle! C'est moi qui devrais être furieux. A-t-on idée de soudoyer une de mes servantes pour m'espionner? Quel procédé inqualifiable! Surtout quand celui que vous faites surveiller est votre fiancé!

Cette allusion à Margot et à son mariage n'était guère opportune. Il s'en rendit compte un peu trop tard.

– Je ferais mieux de dresser la liste de ce dont nous avons besoin, murmura Patsie en se détournant.

En plus de ce qu'on lui avait demandé, Mme Londine apporta des légumes frais cueillis dans son potager et une quiche qu'elle venait de sortir du four.

Patsie prépara une salade, mit le couvert et peu après ils s'attablèrent devant un repas appétissant.

Philippe s'était changé – il portait une culotte de cheval et une chemise toute souple, largement échancrée sur son torse vigoureux. Il avait allumé un feu dans la cheminée et ouvert une bouteille de bordeaux.

La tension qu'avait suscitée sa remarque sur son mariage s'était dissipée. Assise en face de lui, Patsie éprouvait une délicieuse sensation de chaleur et de plénitude.

« Le sort en est jeté », se dit-elle en regardant la lueur des flammes se refléter sur le visage bien-aimé.

A cet instant, Philippe recula son siège, étendit ses longues jambes et, avec un soupir d'aise, s'exclama :

– C'était délicieux!

– Grâce à Mme Londine. Mais demain je ferai la cuisine moi-même. Une vieille recette des Ryan.

– Un *irish stew* – une potée au mouton – je parie!

– Comment avez-vous deviné?

– Que peut-on faire d'autre quand on est irlandaise et que l'on vient de commander des carottes, des pommes de terre, des oignons et du persil?

– Un pâté de lapin ou un poulet rôti, répliqua-t-elle en riant.

Ils firent ensemble la vaisselle et rangèrent la cuisine.

– Allons nous promener le long de la rivière, proposa Philippe.

Patsie accepta avec empressement, soulagée de reculer un peu l'instant tant attendu et redouté à la fois. Elle monta chercher un pull-over et, quand elle redescendit, Philippe, debout le dos au feu, regardait devant lui, l'œil perdu dans le vague.

– A quoi pensez-vous? lança-t-elle gaiement.

Il sourit tendrement et la prit par la main.

– Je songeais à la rapidité avec laquelle cette journée s'est envolée. Notre semaine sera finie avant que nous ne nous en soyons aperçus!

Sur le seuil, l'air frais chargé d'humidité les saisit.

– Vous voyez ce halo sur la lune? ajouta-t-il. De la pluie dans trois jours, dit-on ici, mais j'ai bien peur qu'elle ne tombe avant.

Pendant près d'une heure ils marchèrent, simplement heureux d'être ensemble. La vallée était si tranquille que Patsie, peu à peu, sentit ses craintes s'évanouir dans le silence de la nuit.

Elle se sentait à sa place, ici, avec Philippe à ses côtés. Elle faisait corps avec ce lieu et, bientôt, avec son propriétaire...

A cette pensée, son cœur se mit à battre plus vite. Elle se vit dans ses bras, ses mains lui prodiguant des caresses insoupçonnées. Saurait-elle réagir comme il convenait? Serait-elle capable de donner libre cours à son émotion, de sorte que Philippe ressente tout l'amour qu'elle éprouvait pour lui. Comprendrait-il qu'au delà du désir, son cœur débordait d'un sentiment infiniment plus profond et plus durable que la passion?

— Si on rentrait? suggéra Philippe en lui serrant le bras.

Dans un souffle, elle accepta.

Quand ils eurent regagné la maison, Patsie fébrilement chercha un prétexte pour reculer encore un peu l'instant fatal.

— Ne peut-on s'asseoir un moment devant le feu? proposa-t-elle timidement.

— Si vous voulez! répondit-il, une lueur amusée dans le regard.

Il s'installa sur le canapé et l'attira contre lui.

— Heureuse? demanda-t-il simplement quand elle se fut pelotonnée dans ses bras.

Elle hocha la tête, la joue contre sa poitrine. Elle entendait battre son cœur.

— Mais vous avez un peu peur.

— Pas de vous, répondit-elle vivement. Vous ne devez pas penser cela!

Il l'embrassa sur la tempe.

— Il n'y a personne d'autre que moi ici, murmura-t-il.

— Si. Il y a moi!

Dans le creux de son oreille, il chuchota:

— Vous êtes toujours sérieuse! la gronda-t-il doucement.

La serrant contre lui, il l'embrassa tout en promenant ses doigts sur son dos, dans ses cheveux soyeux... Puis il s'allongea et la fit basculer sur lui. Ses mains descendirent jusqu'à ses hanches puis remontèrent à ses épaules et blottirent sa tête contre lui.

L'ardeur de ses baisers faisait fondre toutes les appréhensions de Patsie. Elle brûlait du même feu que lui.

— Oh! Patsie! gémit-il. Ma chérie, ma douce Patsie!

Brusquement il se leva et l'enleva dans ses bras. Elle s'accrocha à son cou et ferma les yeux. Elle entendit vaguement craquer les marches de l'escalier, uniquement consciente du désir irrésistible qui les consumait tous les deux.

Pourtant, au contact des draps frais sous sa joue, un déclic se fit... et elle se retrouva, luttant contre Philippe allongé à ses côtés.

– Non, Philippe, non!

Elle le repoussa de toutes ses forces et bondit à l'autre bout du lit. Une seconde après, elle se dressait, les yeux hagards, les bras croisés sur sa poitrine.

– Je ne peux pas! Comprenez-moi, je vous en prie! Je ne peux pas.

Stupéfait, il s'assit.

– Mon Dieu! Mais quel genre de femme êtes-vous donc?

Elle fit le tour du lit et s'agenouilla à ses pieds.

– Pardonnez-moi, sanglota-t-elle, la tête contre la rugueuse culotte de cheval. Je croyais que seul comptait l'accomplissement de nos désirs. Je croyais que je pourrais...

Il la repoussa et elle l'entendit descendre l'escalier et claquer la porte.

Elle retint son souffle. Dans un moment il reviendrait, il la prendrait dans ses bras, patiemment, comme une petite fille. Il lui dirait qu'il comprenait, la rassurerait.

Le froid de la maison la paralysait. Un profond et terrifiant silence régnait partout. Elle s'effondra sur le lit et se mit à sangloter désespérément.

13

Une délicieuse odeur de café montant de la cuisine réveilla Patsie. Elle demeura étendue, les yeux fixés sur les poutres du plafond. Peu à peu les souvenirs lui revenaient.

Durant ce qu'elle avait cru être des heures, elle avait guetté les pas de Philippe, sursautant à chaque craquement. Mais il n'était pas revenu.

Finalement, elle s'était endormie. Un peu plus tard, elle s'était réveillée, transie. Tandis qu'elle remontait les couvertures, elle avait cru entendre quelqu'un marcher dans le chemin, autour de la maison. Elle s'était levée et était allée à la fenêtre, mais il n'y avait personne. Des nuages obscurcissaient de temps en temps la lune et la Dordogne coulait, paisible, au fond de la vallée.

Maintenant il faisait jour.

Philippe préparait-il le petit déjeuner ou était-il allé chercher Mme Londine? Pleine d'appréhension sur ce que lui apporterait la journée, elle se préparait à sortir du lit quand elle entendit des pas dans l'escalier. Elle se renfonça sous les couvertures et fixa la porte.

Une seconde après on frappait doucement.

— Entrez!

La porte s'ouvrit. Philippe était sur le seuil, les bras chargés d'un plateau.

— Bonjour, dit-il calmement sans laisser percer la moindre émotion.

Instinctivement, elle se passa la main dans les cheveux pour tenter d'effacer le désordre de la nuit.

— Bonjour!

Il traversa la chambre et déposa le plateau sur une table.

— Si vous préférez du thé...

— Non, non, l'interrompit-elle en cherchant son regard. Vous êtes très gentil de m'avoir monté mon déjeuner!

— Prenez tout votre temps. Nous ne sommes pas pressés. Nous ne pouvons aller nulle part. Il pleut.

Puis il tourna les talons et sortit.

La première gorgée de café la brûla, mais elle s'en aperçut à peine.

Philippe lui avait apporté son déjeuner! Il ne lui en voulait donc plus? Ou bien faisait-il cela par pure politesse? Un geste qu'il aurait pour n'importe lequel de ses invités? Elle grignotait son croissant machinalement. Qu'avait-il voulu dire en expliquant que l'on ne pouvait aller nulle part? Où devaient-ils se rendre? Hier, il se réjouissait de rester ici, loin de tout, pendant une semaine... et ce matin, il parlait de partir!

Peut-être voulait-il parler d'elle seulement?

Son cœur se serra. C'était sûrement cela! Il lui suggérait, discrètement, de regagner Paris.

Elle se remit sous les couvertures. Sans l'ombre d'un doute il avait été furieux hier, mais maintenant... C'était un geste de réconciliation. Il avait eu toute la nuit pour démêler les raisons de son refus... et il lui pardonnait.

Peu à peu l'espoir renaissait. Elle sauta à bas du lit, se doucha et s'habilla. Dans sa maigre garde-robe, elle choisit un T-shirt bordeaux qui mettait en valeur son teint et le vert de ses yeux, et une jupe de tweed – une folie qu'elle s'était offerte au cours de son dernier séjour à Londres!

Puis, s'emparant du plateau, elle descendit précautionneusement l'escalier et pénétra dans la cuisine. Philippe, assis à une table ronde au centre de la pièce, fixait distraitement son café. Il leva la tête et la contempla sans sourire.

– Ce petit déjeuner était délicieux, dit-elle, se forçant à être gaie. Vous avez dû vous lever de bonne heure pour le préparer.

– Je ne me suis pas couché.

– Oh! Je suis désolée! dit-elle en se dirigeant vers l'évier.

– J'en ai profité pour aller jusqu'au village et j'y suis arrivé juste au moment où le boulanger sortait ses croissants du four!

– Mais c'est très loin? demanda-t-elle timidement.

– Trois ou quatre kilomètres

Il se leva et posa sa tasse dans l'évier.

– Philippe... je suis navrée...

Un son étrange qui aurait voulu être un rire sortit de sa gorge.

– Cela n'a pas d'importance.

– Je crois que si.

Soudain son regard se durcit.

– Vous vous en inquiétez un peu tard.

– Je n'ai pas dit que j'étais inquiète. J'ai dit que j'étais navrée, précisa-t-elle en faisant des efforts pour étouffer la colère qui la gagnait.

– Montons nous coucher, dans ce cas!

– Certainement pas! Vous êtes une brute de faire une suggestion pareille après ce qui s'est passé!

– Alors pourquoi y avoir fait allusion?

– Oh! vous êtes impossible! On ne peut même pas vous faire des excuses sans déchaîner votre colère!

– N'en seriez-vous pas quelque peu responsable?

– J'ai dit que j'étais navrée!

Un profond et bruyant soupir troubla la paix de la cuisine.

– N'en parlons plus, voulez-vous? Il est déjà bien assez désagréable de se demander comment nous allons passer cette longue journée sans remettre sur le tapis ce pénible sujet.

– Faites ce que bon vous semble! Moi je m'en vais, naturellement!

Il la fixa avec un sourire moqueur.

– Puis-je vous demander comment vous comptez vous y prendre ?

– Le village est à quelques kilomètres à peine. Vous venez de le dire. J'ai fait plus de trois kilomètres pour aller de Perpignan à votre château, vous savez!

– Et au village, que ferez-vous?

– Je prendrai l'autocar. J'étais prête à partir pour Paris, rappelez-vous.

– La dernière fois qu'un bus a traversé Vincome, c'était pendant la guerre d'Espagne. Il amenait des réfugiés. Contrairement à ce que vous paraissez croire, tous les chemins ne mènent pas à Paris.

Elle accueillit ces précisions avec des sentiments mitigés.

Puisqu'il n'y avait pas moyen de partir, mieux valait faire contre mauvaise fortune bon cœur et essayer de faire la paix avec Philippe. Même si tout était fini entre eux, elle souhaitait désespérément le convaincre qu'elle ne l'avait pas sciemment provoqué pour mieux se refuser à lui à la dernière minute. Mais dans l'état d'esprit où il se trouvait pour le moment, il n'écouterait aucune explication. D'ailleurs, sans doute avait-il raison de redouter la perspective d'une longue journée en tête à tête!

– Qu'allons-nous devenir? Il n'est pas question que je reste ici toute la semaine! Je suis sûre que si vous vous en donniez la peine, vous trouveriez une solution.

– Peut-être, si nous n'étions pas dimanche.

– Oh!

En semaine, il était sans doute possible de trouver quelqu'un qui aille en ville, mais le dimanche on ne pouvait déranger personne! Pendant les prochaines vingt-quatre heures, ils étaient tous deux prisonniers de cet endroit.

– Bon! puisque lundi n'arrivera pas de sitôt, reprit-elle avec un entrain qu'elle était loin de ressentir, pour passer le temps, je vais nettoyer la cuisine, annonça-t-elle en retroussant ses manches. Puis je préparerai le déjeuner et, s'il cesse de pleuvoir, nous pourrons aller ramasser des noix!

Il la regarda avec stupeur.

– Vous ne croyez tout de même pas, poursuivit-elle, que je vais tourner en rond toute la journée à contempler votre mine boudeuse! Je préfère encore frotter le sol!

Soudain, il éclata de rire. Ce fut au tour de Patsie de le dévisager avec étonnement.

– Je ne vois pas ce qu'il y a de drôle là-dedans.

– Je m'en doute, répondit-il en prenant un torchon. D'ailleurs, rien ne vous fait jamais rire!

– C'est faux!

– Tiens donc! Et quand donc avez-vous ri?

– Voyons un peu… Hier! (Les yeux pleins de malice, elle triomphait.) Je me souviens parfaitement avoir ri pendant le voyage en ballon, et à plusieurs reprises même!

Ensemble, ils pouffèrent.

Les bras dans l'eau jusqu'au coude, elle lava la vaisselle et nettoya l'évier. Puis, sous le regard ébahi de Philippe, elle passa sa rage d'activité sur l'épluchage des carottes et des pommes de terre et mit l'*irish stew* en route. Enfin elle monta dans sa chambre, fit son lit, rangea ses affaires et la salle de bains. Quand elle redescendit, les joues rouges, Philippe lisait tranquillement au coin du feu.

– Je croyais que nous mangions du poulet, aujourd'hui, fit-il remarquer.

Elle porta la main à sa bouche.

– Mon Dieu! Je l'avais complètement oublié. Je ferais bien de le mettre à rôtir dès maintenant.

– Je m'en suis occupé. Il est dans le four!

– Vous? Je pensais que vous ne saviez même pas faire des œufs au plat!

– Au contraire, répondit-il, indigné. Je suis même plutôt bon cuisinier! Avez-vous oublié que c'est moi qui vous ai préparé votre petit déjeuner?

Elle vint s'asseoir en face de lui.

– Vous êtes très gentil, vous savez, murmura-t-elle.

– Enchanté de vous plaire!

– Je vous aime.

Il leva la tête de son livre et plongea son regard dans le vert limpide des yeux de Patsie.

– Alors?... Pourquoi toute cette scène insensée hier soir?

– Parce que j'accorde trop de prix à tout, toujours... A vous, à moi, à ce qui arrivera demain...

Il se pencha et prit ses mains dans les siennes comme il l'avait fait le premier jour sur la terrasse de l'hôtel. Puis d'un doigt il suivit le tracé de sa ligne de vie.

– Il est écrit... à chaque jour suffit sa peine!

– Tout à fait d'accord... si l'on ne gâche pas l'instant présent en faisant des folies!

– Ce que je voulais partager avec vous n'avait rien d'une folie.

– Je sais que pour beaucoup, ce qui a failli se passer hier soir est tout à fait normal... mais pour moi, cela ne l'est pas. (A voix plus basse elle ajouta :) Je ne l'ai compris que trop tard!

Il resta un moment silencieux.

– Je crois que vous l'avez toujours su, reprit-il.

Elle leva les yeux sur lui.

– Mais vous avez essayé de l'oublier pour me faire plaisir. Je l'ai senti... et j'ai cherché à en profiter.

Ils demeurèrent un long moment, silencieux et immobiles, les yeux dans les yeux.

– Et qu'allons-nous faire maintenant? lança-t-il comme un défi.

Un sourire se joua sur les lèvres de Patsie.

– Eh bien, si nous mettions des imperméables et allions ramasser des noix? suggéra-t-elle d'un ton malicieux.

14

Le reste de la matinée passa à toute allure. Vers midi, affamés, ils rentrèrent à la ferme.

Le ragoût avait si bien mijoté que le mouton fondait sous la langue. Un peu de fromage et de raisin complétèrent le repas, le tout arrosé de vin blanc.

– Vous devriez aller faire une petite sieste, suggéra-t-elle quand Philippe réprima un troisième bâillement.

De toute évidence, cette idée le séduisait mais il hésitait :

– Et vous, qu'allez-vous faire?

– Ne vous inquiétez pas pour moi! Je vais débarrasser et ranger, et je me plongerai dans un livre... Si le soleil montre le bout de son nez, j'irai me promener. Dormez tranquille, je ne m'ennuierai pas!

– En êtes-vous sûre?

– Mais oui! On est si bien ici!

– C'est aussi ce que je pense mais...

– Mais ce n'est pas l'avis de Margot!

– Elle déteste cet endroit. Quand nous y venons, il faut toujours jouer au jacquet, au tric-trac, au billard avec elle, ou organiser des dîners avec des amis, sinon elle devient folle. Jamais il ne lui viendrait à l'esprit d'ouvrir un livre ou d'aller marcher seule dans la campagne.

Patsie ramassa les assiettes sur la table.

– Nous ne nous ressemblons guère, Margot et moi, murmura-t-elle.

– En effet!

Il s'approcha de l'escalier qui conduisait à la chambre où Patsie avait passé la nuit, hésita une seconde puis, brusquement, se dirigea vers l'aile réservée aux chambres d'amis.

De la vaisselle plein les mains elle demeura là, immobile, jusqu'à ce qu'elle entende une porte se refermer. Depuis ce matin, ils n'avaient plus reparlé de ce qui s'était passé la veille, ils n'avaient pas non plus fait allusion à ce qui pourrait arriver ce soir. Si Philippe s'était choisi une chambre dans l'autre partie de la maison, la soirée serait probablement plus calme que la nuit dernière.

Déjà, en ramassant les noix, elle avait senti naître entre eux une nouvelle complicité.

Ils s'étaient abrités sous un bosquet pour échapper à une averse particulièrement violente et Philippe avait parlé de son enfance au château où Martine remplaçait sa mère; Patsie, de son côté, lui avait raconté ce qu'était la vie dans un café pour une petite fille dont les yeux arrivaient à peine à la hauteur du comptoir!

Parfaitement à l'aise et détendue, elle avait ri plusieurs fois, ce qui sembla faire plaisir à Philippe. Cette ferme était pour lui un havre de paix où il était heureux d'oublier pour un temps ses responsabilités de châtelain.

Quand elle eut fini la vaisselle, elle approcha un fauteuil de la fenêtre, prit un livre sur l'histoire de la région et s'installa confortablement. Mais audehors le paysage l'attirait. Le soleil, enfin revenu, ajoutait une touche d'or aux couleurs automnales des peupliers.

Abandonnant son livre, elle prit un panier et

sortit cueillir des figues : les fruits étaient mûrs et feraient un excellent dessert pour le dîner.

Une chatte grise suivie de six chatons s'approcha d'elle et vint se frotter à ses mollets. Patsie s'assit sur les marches devant la porte et entreprit de jouer avec eux.

Une demi-heure plus tard, quand Philippe se réveilla, elle était toujours à la même place.

— Avez-vous bien dormi? demanda-t-elle, aussi calme et détendue que le petit chat qu'elle avait sur les genoux.

— Parfaitement. Je suis en pleine forme. Je pourrais déplacer des montagnes! Que voulez-vous faire? demanda-t-il en s'asseyant à côté d'elle.

— Je ne sais pas... (Elle s'appuya sur ses coudes et réfléchit.)... J'ai aperçu une barque à fond plat ce matin. Est-ce qu'on peut s'en servir?

— Excellente idée! Comment vous débrouillez-vous avec une perche?

— Pour pousser la barque ou pour pêcher?

Il rit.

— Je ne pensais pas à pêcher. Mais pourquoi pas? Quelques truites aux amandes pour le dîner, ce ne serait pas désagréable!

— Avec vous comme cuisinier? Merveilleux!

Ils réussirent à attraper quatre truites que Philippe alla vider, derrière la maison, sous le regard plein de convoitise de la chatte. Puis, tout en fredonnant, il prépara le repas tandis que Patsie prenait un bain et se changeait.

Elle mit une longue robe d'intérieur verte, de la même teinte que ses yeux; puis, se plantant devant le miroir, elle s'observa sans indulgence. Pour rien au monde elle n'aurait voulu que Philippe puisse un seul instant penser qu'elle essayait de le provoquer!

Quand elle s'engagea dans l'escalier, il sortait de la cuisine; à la façon dont il la déshabilla du regard elle comprit que ses précautions avait été inutiles.

Elle s'arrêta et s'appuya à la rampe.

— Je venais chercher des allumettes avant de me

changer, dit-elle aussitôt. Il fait plutôt frisquet là-haut et un feu serait le bienvenu.

– Inutile de mettre autre chose, vous êtes ravissante comme cela, dit-il en fixant son décolleté. Après tout, nous sommes à la campagne et nous n'attendons personne. Si vous venez tout de suite, nous aurons le temps de boire un verre avant de passer à table.

A contrecœur, elle descendit. Mais la sensation de détente qu'elle avait éprouvée toute la journée avait disparu.

Philippe ne parut pas remarquer son hésitation; quand elle s'installa sur le canapé, il ne vint pas s'asseoir près d'elle mais dans un fauteuil de l'autre côté de la cheminée.

– J'ai passé une journée merveilleuse, dit-elle tranquillement en prenant le verre qu'il lui tendait.

Le regard perdu dans les flammes, il répondit du même ton calme :

– Telle que je vous connais, vous voulez dire que vous espérez que la soirée sera aussi agréable.

– Mais je suis sûre qu'elle le sera! affirma-t-elle.

Il la regarda bizarrement, but une gorgée et reprit plus allègrement :

– Moi aussi j'ai passé une journée merveilleuse. Vous êtes une délicieuse compagne.

– Un peu cruelle parfois, murmura-t-elle. Suis-je pardonnée?

Son visage se crispa légèrement :

– Si je vous réponds oui, cela ne signifie nullement que je vous désire moins.

– Qu'y puis-je?

Comme il ne répondait pas, elle poursuivit, les yeux baissés sur son verre :

– Je me rends compte maintenant que certaines de mes paroles pouvaient prêter à confusion. Vous m'avez prise pour ce que je ne suis pas et vous m'avez amenée ici. Je vous ai déçu. Révolté, peut-être même. Mais malgré tout, malgré ma conduite maladroite d'hier soir, vous avez été charmant. Vous avez accepté de partager avec moi votre refuge et m'avez donné l'impression... d'être... de vous être très chère, ajouta-t-elle, les yeux pleins de larmes.

— Mais... Vous m'êtes très chère, répondit-il d'une voix tremblante d'émotion contenue.

Ces mots dans sa bouche prenaient une consonance magique qui la bouleversait.

— Vous êtes une femme étonnante, ajouta-t-il sur le même ton. Pas du tout la petite effrontée que j'avais cru tout d'abord.

— C'est pourtant cette petite effrontée qui vous a attiré, dit-elle faiblement.

— Oui. Comme la flamme attire le papillon. Je m'attendais bien à me brûler un peu les ailes... (Il fixait le feu.) Mais la brûlure s'est révélée fatale!

Elle aurait aimé pouvoir lui répondre avec esprit et légèreté mais elle en était incapable, tout comme elle était incapable de lui exprimer toute la tendresse qu'elle ressentait.

— Hier soir, continua-t-il, vous m'avez inspiré les pensées les plus abominables. Mais ce matin, quand je vous ai vue organiser notre vie, faire contre mauvaise fortune bon cœur et vous résigner à être retenue ici par un compagnon maussade, une brute maladroite...

— Philippe! ne...

Ignorant l'interruption, il poursuivit :

— Tout s'est ordonné dans ma tête... J'ai commencé à vous voir telle que vous êtes. Patsie Ryan...

Elle attendait, sans oser respirer.

— ... Je crois que je vous aime.

Elle ouvrit la bouche, mais aucun son n'en sortit.

— L'amour, dit-il doucement. C'est bien comme ça que vous appelez votre petit jeu?

Retrouvant difficilement l'usage de la parole, elle murmura :

— Mais je joue pour de bon... et pour toujours...

— Oh! je sais bien! dit-il en riant.

Il se leva, vint vers elle et la prit dans ses bras. Pendant une interminable seconde, elle se demanda s'il était sincère ou s'il s'agissait d'une ruse pour parvenir à ses fins.

Mais l'instant d'après, tous ses doutes s'étaient évanouis. Il ne la serrait plus de la même manière contre lui. Ses traits étaient toujours aussi tendus, ses baisers toujours aussi pressants, mais la fièvre de la veille avait disparu.

L'homme qui la tenait dans ses bras à présent la chérissait d'un amour profond et grave, fondé sur la compréhension et la tendresse...

Patsie se mit à trembler de bonheur et, folle de joie, elle se blottit contre lui.

Au même instant, la porte s'ouvrit brutalement, laissant s'engouffrer la pluie et le vent. Une voix sèche et cassante traversa la pièce.

– Comme c'est touchant!

– Margot! s'exclama Philippe d'un ton glacial, ne vous a-t-on jamais appris à frapper avant d'entrer?

La blonde jeune fille avança dans la pièce, une flamme de fureur dans les yeux.

– Je suis ici dans la maison de mon fiancé. Toutes les portes doivent m'être ouvertes!

– Et doivent le rester, apparemment, ricana-t-il en allant refermer.

Folle de rage, Margot se tourna vers Patsie :

– Regardez cette petite vicieuse qui attend que je sois partie pour venir ici en douce avec Philippe!

– Pas plus vicieuse que vous qui soudoyez mes domestiques pour m'espionner. Car il y en avait plusieurs, n'est-ce pas?

Elle le fusilla du regard.

– Si j'en juge par les apparences, il en aurait fallu une armée! Je vous avais prévenue, petite idiote, ajouta-t-elle à l'adresse de Patsie. Dommage que vous n'ayez pas eu la sagesse de m'écouter, comme vous prétendiez le faire.

– Je n'ai rien prétendu du tout. C'est vous qui le dites!

– Enlevez votre manteau, lui ordonna Philippe. Nous avons à discuter.

– Pour une fois je suis d'accord avec vous! répondit Margot en jetant son imperméable trempé sur une chaise.

— Mais cette discussion devra attendre que nous ayons dîné, ajouta-t-il très calmement. Les truites sont prêtes. Renvoyez votre chauffeur et mettons-nous à table.

— Je suis venue seule.

Tant mieux! songea Patsie. Dîner avec elle était déjà suffisamment pénible sans y ajouter la perspective d'avoir à dormir sous le même toit.

Le repas se passa sans incident.

Apparemment, la colère avait aiguisé l'appétit de Margot qui dévora deux truites tandis que Patsie touchait à peine à la sienne. Elle poussa même l'amabilité jusqu'à complimenter le cuisinier.

— Ces dîners du dimanche, mon cher Philippe, où vous remplacez votre chef avec grand talent vont me manquer, dit-elle sur un ton presque badin lorsqu'ils furent tous trois installés devant le feu.

Patsie n'en croyait pas ses oreilles. Elle jeta un coup d'œil vers Philippe qui semblait aussi surpris qu'elle. Margot allait-elle renoncer à lui sans se battre?

— Et vous, mon cher, ajouta-t-elle, je suppose que vous regretterez votre château?

Il se leva d'un bond.

— De quoi parlez-vous?

— De notre avenir! A moins que nos vies ne prennent des routes divergentes, maintenant que cette délicieuse personne est entrée en scène, continua-t-elle avec un regard peu amène vers Patsie. Avez-vous toujours l'intention de m'épouser, oui ou non? demanda-t-elle avant qu'il ait pu répondre à sa première question.

Tant de brutalité laissa Philippe pantois. Patsie attendait sa réponse avec anxiété.

— C'est un des points dont nous avons à parler.

— Mais alors, vous n'avez pas encore vraiment décidé si cette petite Irlandaise, fille de poissonnier, valait la peine de rompre avec moi! Voilà qui vous étonne, je parie! lança-t-elle à Patsie avec un sourire qui tenait de la grimace.

Surprise, Patsie l'était en effet! Bouleversée même! Quand Philippe lui avait déclaré son amour, il n'avait pas eu le temps de lui parler mariage, mais pour elle, cela allait de soi. Or, à en juger par l'hésitation qu'il avait marquée, cela n'était pas aussi évident pour lui!

Patsie avait supporté l'horrible tension de ce dîner parce qu'elle se sentait soutenue par l'espoir et la joie d'être aimée. Mais maintenant, elle avait le cœur serré et une pénible sensation au creux de l'estomac. L'intruse, ici, ce n'était pas Margot, c'était elle. Que n'aurait-elle donné pour être ailleurs!

– Que vouliez-vous dire avec votre histoire de château? insista Philippe.

Margot fouilla dans son luxueux sac à main, en sortit une cigarette et attendit que Philippe vienne la lui allumer. Elle le regarda à travers la fumée qu'elle lui souffla au visage.

– A vous de décider si vous voulez le garder ou non, finit-elle par dire.

– La question ne se pose pas, me semble-t-il.

– Le conserveriez-vous au prix de l'honneur de votre nom?

– Qu'est-ce que cette idiotie? s'exclama-t-il.

– C'est un marché, mon cher!

– Alors soyez plus précise.

– Ou bien vous annoncez nos fiançailles à l'occasion du bal costumé, comme prévu, et vous m'épousez au moins de décembre, ou vous me léguez votre château.

– Etrange marché, en vérité, remarqua-t-il en riant, qui vous avantage singulièrement. Et si je refuse?

– J'alerterai la presse parisienne et je raconterai sur vous des histoires à faire dresser les cheveux sur la tête!

Pour la première fois, Patsie intervint :

– Vous irez à *La Revue* voulez-vous dire? Cela m'étonnerait que notre idylle, à Philippe et à moi, puisse les intéresser! Je ne suis même pas leur employée!

Le ricanement caustique de Margot résonna curieusement dans la pièce.

— Vous ne m'étonnez nullement. Je n'ai jamais cru à votre prétendu reportage. Vous êtes venue au château de Vignan pour prendre au piège Philippe d'Olemane et lorsque vous avez constaté que là-bas vous aviez échoué vous vous êtes débrouillée pour venir achever votre détestable entreprise ici, à la campagne. Mais vous n'aurez pas plus de succès ici... à moins que vous ne soyez assez stupide pour donner la tête la première dans cet attrape-nigaud, conclut-elle à l'adresse de Philippe.

— Je n'ai jamais accordé la même importance que vous à ma réputation et à mon rang dans le monde, Margot!

Patsie fut choquée par le mépris qui transperçait dans le ton de Philippe. Même dans les moments où il avait été dur avec elle, il ne lui avait jamais parlé ainsi!

— Les journaux à scandales peuvent raconter tout ce qu'ils veulent, je m'en moque!

— Philippe, reprit-elle avec des accents mélodramatiques, je n'ai nullement l'intention de dévoiler de quelconques secrets d'alcôve. Je parle de déshonneur.

— De déshonneur? répéta-t-il en fronçant les sourcils.

Margot écrasa sa cigarette et se leva.

— Soyons clairs. J'ai l'intention de passer le reste de mon existence au château de Vignan, dit-elle en regardant Philippe droit dans les yeux. Je peux y vivre avec ou sans vous, à vous de choisir. Mais prenez garde. J'ai des armes. Je n'hésiterai pas à les employer, si vous m'y contraignez!

Philippe retrouva son sang-froid au moment où elle atteignait la porte.

— Vous êtes toujours la même collégienne insupportable qu'à quinze ans, ironisa-t-il. La reine des situations dramatiques! Quand vous serez capable de tenir des propos un peu moins enfantins, je serai heureux d'avoir de vos nouvelles!

— Oh! mais vous en aurez! répondit-elle à mi-voix

sur un ton lourd de menaces. Je serai à Tours jusqu'à la fin de la semaine. Ou bien vous viendrez m'y chercher pour me ramener au château, ou bien ce sont mes avocats qui viendront vous chercher et vous traîneront devant les tribunaux!

Sur ces mots, Margot sortit et le silence s'abattit dans la salle.

— Philippe, que va-t-elle faire? demanda finalement Patsie.

— Rien probablement. Elle bluffe. Le chantage est une seconde nature chez les êtres égoïstes et trop gâtés comme elle. Elle a toujours obtenu tout ce qu'elle voulait. Face au risque d'une rupture de nos fiançailles elle oppose des menaces sans fondement et des attitudes théâtrales.

La stupeur dilata les pupilles de Patsie. Le risque! Il n'y avait qu'un risque! Elle se redressa sur son siège.

— Elle tient beaucoup à vous, je crois, murmura-t-elle.

— Pas le moins du monde! ricana-t-il. Pas plus que moi, d'ailleurs! Beaucoup de choses nous lient, mais certainement pas l'affection.

— Et pourtant, vous songez toujours à l'épouser.

Il traversa rapidement la pièce et la prit dans ses bras.

— Je sais que c'est difficile à comprendre, ma chérie. Les mariages de convenance décidés pour des questions de patrimoine, de lignée, ne font pas partie de vos traditions.

Cette froide constatation faite avec une si tranquille assurance la glaça. Même sous les insultes méprisantes de Margot elle ne s'était pas sentie aussi définitivement exclue de ce monde aristocratique où elle n'avait pas sa place. Elle se raidit.

— Sans doute avez-vous raison.

Devant sa froideur, il la serra plus fort contre lui.

— Tout cela est aussi loin de vous que l'était pour moi l'idée de me marier par amour. Jamais, Patsie, je n'ai imaginé que je pourrais tomber amoureux.

Jamais je n'ai pensé que je pourrais un jour devenir l'esclave de mes émotions, de mon amour.

Brusquement il s'éloigna, mit ses mains dans ses poches et se planta devant le feu.

— Par-dessus tout, ajouta-t-il, je considérais comme inaliénable mon droit d'aller et venir à ma guise et de faire de ma vie ce que bon me semble.

— Estimez-vous que l'amour va porter atteinte à ce droit? demanda-t-elle très doucement.

Il lui fit face.

— C'est déjà fait!

— Et cela vous déplaît?

— Oui! répliqua-t-il en relevant le menton, ce qui fit ressortir son expression obstinée.

— Je vois, dit-elle en reprenant son souffle. Vous n'avez donc plus aucun problème. Si vous épousez Margot, vous pourrez continuer à vivre comme par le passé. Vous n'aurez rien à sacrifier.

— Elle m'a menacé. Il n'est pas question de céder, insista-t-il avec rage.

Un poids énorme écrasait la poitrine de la pauvre Patsie. Philippe la rejetait froidement et ne semblait même pas s'en apercevoir. Les tendres aveux que Margot avait intempestivement interrompus ne reviendraient jamais et la stupéfiante vérité était insupportable.

— Je suis fatiguée, murmura-t-elle sans le regarder. Je vais aller me coucher.

— Bonne idée! approuva-t-il avec indifférence. Savez-vous où j'ai mis mon imperméable? J'ai besoin d'aller faire un tour.

— Près de la porte de derrière, dans le placard.

— Merci. Bonne nuit!

15

Quand elle descendit le lendemain matin, la table n'était pas débarrassée, les restes de la cigarette de

Margot répandaient une odeur désagréable et Philippe dormait tout habillé sur le canapé.

Craignant de le réveiller, elle s'autorisa à peine quelques secondes pour admirer les cils épais, le menton volontaire et la bouche sensuelle dont la seule vue la faisait trembler.

Elle ramassa quelques assiettes avec mille précautions et alla s'enfermer dans la cuisine. Ici, elle avait mené une vie d'épouse, ou presque. Elle avait fait le ménage, la cuisine, cueilli des fruits dans le jardin. Elle s'appuya à l'évier et ferma les yeux. Et si Philippe avait été fermier au lieu d'être un gros propriétaire terrien, issu d'une famille vieille de six siècles? Et si, au lieu d'un château, il n'avait possédé qu'un verger, quelques noyers, des vaches blanches et une chatte grise?

Les larmes ruisselaient sur ses joues.

« Ici, dans cette cuisine, j'aurais préparé le repas de mes enfants qui auraient eu les mêmes longs cils et le même menton volontaire. »

– Patsie...

Elle se retourna et, du revers de la main, sécha ses larmes.

– Philippe! Je vous ai réveillé?

Il était là, debout devant elle, encore à moitié endormi, les paupières lourdes, les cheveux ébouriffés. Elle aurait voulu crier, sangloter! Jamais elle ne dormirait à ses côtés! Jamais, en se réveillant, elle ne déposerait un baiser furtif sur sa bouche qui maintenant esquissait un sourire. Il la prit dans ses bras, et pressa sa tête contre lui.

– Quelle activité! Debout à l'aube et prête à vaquer à toutes sortes d'occupations..., murmurat-il.

Elle était dix fois plus malheureuse que s'il avait été en colère! Ce ton badin prouvait qu'il n'avait pas passé comme elle de longues heures d'insomnie à lutter contre son désir, sa tristesse. Toute la tendresse qui, un moment, les avait unis, avait maintenant disparu.

Elle se trompait!

Il la prit dans ses bras comme pour mieux

l'entraîner dans le monde de rêves d'où il émergeait à peine et l'embrassa avec une douceur et une chaleur qui ne mentaient pas! Ces mains, qui caressaient son dos, qui pressaient ses hanches, réaffirmaient avec infiniment plus de force que n'importe quelles paroles qu'elle était sienne à jamais.

Elle était plus émue qu'elle ne l'avait jamais été depuis qu'elle avait découvert son amour pour lui. La passion qu'il avait mise dans ce baiser, si contenue mais si pleine de promesses, la bouleversait. Ce qu'ils partageaient en cet instant rejetait dans l'ombre tous les conflits qui les avaient opposés. C'était cela, la vérité! C'était cela l'amour!

Au bout d'un moment il s'écarta doucement et l'entraîna vers un coin ensoleillé de la cuisine.

— J'ai passé la moitié de la nuit à réfléchir, lui dit-il.

Main dans la main, ils se regardaient, les yeux encore pleins des visions du monde enchanté où les avait conduits leur baiser.

— Je vais aller à Tours aujourd'hui même.

Elle chancela. Mais avant qu'elle ait pu prononcer une parole, il continua:

— Vous avez raison de vous inquiéter des menaces de Margot. Quoi qu'elle ait en tête, c'est effrayant. Je suis si habitué à ses scènes que je n'ai pas vu clair hier soir. Mais vous, vous ne vous y êtes pas trompée! Je dois découvrir ce qu'elle mijote!

Patsie perdait pied. Dans ses bras, elle ne doutait plus: il était à elle et à elle seule. Mais à nouveau, sa confiance était ébranlée. Il allait rejoindre Margot! Existait-il un endroit au monde où elle, Patsie, pourrait aller cacher sa tristesse!

Comme s'il avait deviné ses pensées, il reprit:

— Je veux que vous restiez ici, si vous pouvez supporter de rester seule quelques jours, et que vous m'attendiez.

Elle essayait de saisir le sens exact de ce qu'il lui demandait. L'attendre?

— Pour quoi faire? demanda-t-elle.

— Parce que vous faites partie de ma vie maintenant! Ne l'avez-vous pas senti tout à l'heure?

Elle retint sa respiration.

– Oh! si... mais...

Il sourit.

– Alors vous savez que rien ne peut plus nous séparer!

Elle ne put se retenir :

– Mais alors pourquoi aller rejoindre Margot? Restez avec moi, Philippe! Ne pouvons-nous oublier que Margot existe?

– Malheureusement, non! Nos existences ont été trop longtemps confondues. J'ai été son tuteur, elle a vécu chez moi pendant des années, je gère ses biens...

– Bien sûr! je comprends... mais je voudrais tant...

– Moi aussi, ma chérie, affirma-t-il en lui baisant la main. Mais je dois savoir à quoi m'en tenir. Il me faut déjouer ses plans. Quoi qu'elle espère, elle ne gagnera pas. Jamais je ne l'épouserai!

La joie inonda le cœur de Patsie.

– Vous ne vous marierez pas avec elle? Vous en êtes certain?

– Mais bien sûr! dit-il en riant. Ne l'avez-vous pas compris, hier soir?

– Je n'étais pas sûre...

Surpris, il sourit.

– Avant l'arrivée de Margot je vous ai dit que je vous aimais. Vous n'étiez pas convaincue de ma sincérité?

– ... Mais après son départ vous avez été si bizarre... si... indifférent! Quand je vous ai dit que vous n'aviez qu'à vous marier avec Margot, comme prévu, vous ne m'avez pas démentie. Elle avait osé vous menacer! C'est la seule chose qui semblait vous préoccuper!

Il soupira.

– En effet, cette idée m'était insupportable. Elle l'est toujours, d'ailleurs. Je ne vois pas quel démon l'y a poussée!

Patsie pâlit.

– J'y ai réfléchi, cette nuit. Ce pourrait bien être un peu ma faute.

– Votre faute? Et comment?

– Je lui ai laissé croire... enfin! Elle était tellement convaincue qu'elle n'avait qu'à lever le petit doigt pour nous séparer que... j'ai prétendu que les choses... entre nous... avaient été beaucoup plus loin qu'elles ne l'étaient en réalité. Quand elle m'a trouvée ici...

Elle était trop gênée pour poursuivre.

– Oh! dit-il avec un sourire malicieux, vous avez été prise à votre propre piège. Vous avez dû passer un ou deux moments désagréables.

– Plus de la moitié de la nuit, murmura-t-elle.

– Ne vous inquiétez pas, mon amour, dit-il en la reprenant dans ses bras. Il y a sûrement d'autres motifs à la colère de Margot. Il faut que je les découvre, mais pour ce qui est du mariage... jamais!

Patsie n'était pas encore totalement rassurée.

– Il y a autre chose aussi... qui m'a fait craindre que ce projet de mariage ne se réalise... Votre amour pour moi, m'avez-vous dit, vous empêche de mener votre vie à votre guise!

– C'est vrai! De temps à autre je me sens prisonnier... Mais si je tentais de vous le cacher, vous auriez tôt fait de vous en rendre compte par vous-même! Mieux vaut l'avouer tout de suite, non?

– Mais alors, comment pourrons-nous être heureux ensemble? demanda-t-elle en pâlissant.

– Je m'habituerai à mes chaînes, mon amour! plaisanta-t-il en l'embrassant à nouveau. Dans quelque temps j'aurai sans doute oublié les joies de la vie solitaire! Il y a certains aspects de mon esclavage que j'apprécie déjà! Par exemple, me réveiller et vous trouver là! Je veux toujours vous avoir près de moi... où que je sois. Et si, par hasard, je m'évade de temps en temps, vous ne m'en voudrez pas trop, n'est-ce pas?

– Certainement pas, si je vous sais heureux!

Il la serra sur son cœur. Et une nouvelle fois elle se laissa aller à l'enchantement de sentir contre elle son corps vigoureux, si vivant.

– Vous en êtes sûre?

– Tout à fait! soupira-t-elle.

16

Philippe téléphona au château et, au début de l'après-midi, un de ses employés arriva au volant de la Ferrari.

– Je le déposerai à Limoges, expliqua Philippe à Patsie en lui disant au revoir. Cela lui fera quelques jours de vacances avant de retourner au domaine pour les vendanges.

Elle le regarda démarrer en trombe et se rappela, le cœur serré, le jour où il l'avait conduite au château. Dieu que cette matinée semblait loin déjà! Il s'était passé tant de choses depuis.

Et maintenant qu'allait-il arriver? songea-t-elle en s'asseyant sur les marches devant la porte. Comment Margot allait-elle réagir quand Philippe lui déclarerait tout net qu'il ne l'épouserait pas?

Soudain, le soleil disparut derrière un gros nuage gris. Elle frissonna. Il allait encore pleuvoir. Contrairement à ce qu'elle avait affirmé à Philippe, elle avait quelque appréhension à rester seule. Il n'était pas parti depuis cinq minutes qu'elle se sentait déjà découragée.

Allons, pas question de se laisser aller!

Elle se leva. Il fallait mettre à sécher les noix qu'ils avaient ramassées la veille. Ensuite, elle irait cueillir des champignons, si le temps le permettait, ou écrirait à Sydney, puis ferait de la confiture de figues. La journée finirait bien par passer, se répétait-elle pour se rassurer, et Philippe reviendrait.

Philippe! Il avait dit qu'il l'aimait! C'était un miracle auquel elle n'avait pas encore accordé suffisamment d'attention!

Elle rentra en chantonnant et écrivit une longue lettre à Sydney. Quand elle revint du village après l'avoir postée, l'après-midi était largement entamé.

A 5 heures, elle se prépara du thé, ranima le feu s'installa confortablement avec son livre.

Un quart d'heure plus tard, à peine, elle entendit une voiture stopper dans la cour. Elle se précipita à la porte. Philippe était de retour!

– Que se passe-t-il? lui demanda-t-elle. Vous n'avez pas pu aller jusqu'à Tours et en revenir en si peu de temps!

– Je n'ai pas eu besoin d'aller plus loin que Limoges, répondit-il sèchement.

Patsie sentit son cœur se serrer.

– Venez, dit-elle aussi calmement que possible. J'ai fait du thé.

Mais il traversa la pièce sans répondre et se dirigea droit au bar où il se servit une bonne dose de whisky.

– C'est si terrible?

– C'est inimaginable, complètement fou! gronda-t-il en s'asseyant près d'elle.

– Racontez-moi.

– Elle veut me traîner en justice... Elle m'accuse d'immoralité!

– *Quoi?*

– Elle prétend que j'ai abusé de sa confiance!

– Je ne comprends pas bien... Veut-elle dire que vous avez mal géré sa fortune?

– Elle veut me faire condamner pour tentative de viol!

– Philippe!...

– Avez-vous jamais entendu pareille insanité! s'exclama-t-il avec un profond dégoût. Les journaux à scandales vont se délecter! Je lui aurais volontiers tordu le cou!

Patsie le regardait, abasourdie.

– Et comment avez-vous appris cela?

– Elle était à Limoges. Hier en nous quittant, elle a rencontré les Rimbaud, des amis de longue date qui participent au concours hippique. Du coup, Margot a renoncé à rentrer à Tours. Quand je me suis arrêté pour déposer le chauffeur, ils étaient tous là.

– C'est donc à Limoges que vous avez pu vous entretenir avec elle?

Patsie essayait de mettre de l'ordre dans ses idées.

– C'est là qu'elle vous a expliqué son horrible plan?

Il hocha la tête.

– Nous avons des chambres réservées dans un hôtel de Limoges, pendant toute la durée du concours, comme tous les autres cavaliers, d'ailleurs. Nous nous y sommes rendus.

– Et c'est alors que vous êtes censé avoir abusé d'elle.

– Pas du tout! Elle a manigancé tout cela depuis fort longtemps déjà! Cette prétendue tentative de séduction, poursuivit-il avec amertume, a eu lieu au château.

– Mais cela ne tient pas debout, s'écria Patsie. Avec tout le mal que vous vous êtes donné pour que Martine soit toujours présente. Evidemment, reconnut-elle, si vous aviez réellement voulu avoir des relations plus intimes, le château est assez vaste pour que cela ait été possible. Mais ce n'est pas le cas. Votre avocat saura sûrement en convaincre le tribunal. Avec Martine comme chaperon, votre réputation est au-dessus de tout soupçon.

– Probablement, soupira-t-il. Mais... la nuit où Margot est rentrée à l'improviste de Nice, Martine n'était pas là. Elle était chez elle puisque Margot était partie pour une semaine.

Patsie était effondrée.

– Et naturellement, d'après Margot, c'est cette nuit-là que...

– Evidemment.

– Mais, reprit Patsie, une lueur d'espoir dans le regard, j'étais là, moi!

– Oui, mais seule dans l'aile sud, fit-il remarquer en souriant tristement. En aucun cas vous n'auriez pu voir ou entendre ce qui se passait dans le bâtiment principal!

Patsie demeura silencieuse un long moment. Puis s'éclaircissant la voix, elle déclara fièrement :

– J'affirmerai que vous avez passé la nuit avec moi!

Stupéfait, il la dévisagea.

– Vous vous rendez compte de ce que cela implique?

– Peu importe! C'est infiniment moins grave que les accusations de Margot et leurs conséquences sur l'honneur de votre nom et de votre famille!

– Evidemment!... Et ce « secret d'alcôve », comme Margot l'appelle, intéresserait beaucoup moins les foules qu'une tentative de séduction sur la personne de ma pupille... surtout si – et elle ne manquera pas de l'affirmer – elle n'était pas consentante. Certes, elle est majeure, mais depuis peu de temps. Et elle est sous ma garde depuis tant d'années! Elle expliquera que j'ai attendu sa majorité pour ne pas risquer le « détournement de mineure », ce qui ne minimise en rien ses accusations!

– Mais puisque je vous dis que je témoignerai... Nous n'avons plus à nous faire de souci.

– J'entends bien. Mais ce serait un mensonge.

– Margot aussi va mentir!

– Mais votre histoire paraîtra cousue de fil blanc!

– Qui le saura, sinon vous et moi?

– Vous témoigneriez publiquement que vous avez fait ce que vous m'avez toujours refusé, uniquement pour sauver mon honneur?

– Et vous? N'en feriez-vous pas autant?

Doucement il l'attira à lui et enfouit sa tête dans ses cheveux.

– L'amour implique-t-il aussi... le sacrifice? murmura-t-il d'une voix rauque.

– Chaque instant de notre vie témoignera désormais de notre amour.

Il l'entendit à peine. Elle était blottie dans ses bras, la joue contre sa poitrine et écoutait battre son cœur, puisant dans ce martèlement régulier apaisement et courage.

– Nous sommes trop forts pour Margot, poursuivit-elle d'une voix nette, elle ne peut pas nous faire de mal!

— Je crains bien que si! Elle a des témoins!

Patsie sursauta et s'écarta de lui.

— Que dites-vous?

— Je suis effectivement allé la trouver dans sa chambre cette nuit-là!

— Vous étiez avec elle? souffla Patsie incrédule.

— Pas avec elle... Pas dans le sens où elle le laissera entendre. Mais je ne peux pas nier que je sois allé dans sa chambre.

Patsie était pâle comme la mort.

— Oh! ma chérie, ne faites pas cette tête-là. Nous trouverons bien un moyen de nous tirer de ce guêpier!

— Que faisiez-vous dans sa chambre? demanda-t-elle d'une voix blanche.

— Voilà donc ce qui vous met dans cet état! marmonna-t-il entre ses dents. La confiance n'est-elle pas l'apanage de l'amour tout autant que le sacrifice?

— Ne soyez pas cruel!

Contrit, il la reprit aussitôt dans ses bras.

— Pardonnez-moi, mon amour. Mais toute cette affaire me préoccupe, me peine beaucoup et me rend très amer.

Elle ne broncha pas.

— J'hésite à répondre à votre question parce que mon explication est presque aussi invraisemblable que l'histoire de Margot. Sa ruse était si grossière que j'aurais dû me méfier... Mais jamais je n'aurais pensé à ça!... Ce soir-là, quand vous nous avez quittés, nous sommes restés encore un moment dans mon bureau. Nous avons parlé du bal et bu un whisky. Avant de regagner sa chambre, sans avoir l'air d'y attacher de l'importance, elle m'a déclaré qu'elle avait envie de faire redécorer ses appartements avant notre mariage. J'avais d'autres projets, vous le savez sans doute, mais je ne voulais pas lui en faire part. Elle est remontée dans sa chambre, me demandant d'attendre qu'elle m'appelle pour me montrer des échantillons de tissus qu'elle allait faire tendre sur ses murs.

Au fur et à mesure qu'il parlait, Patsie retrouvait son calme et sa sérénité. Il n'était pas allé de son plein gré dans la chambre de Margot. Elle l'y avait attiré par une de ces ruses dont elle avait le secret! Rassurée, elle pouvait affronter sans crainte le reste de son récit.

– Elle sonna deux domestiques, continua-t-il, et m'annonça que l'une d'elles viendrait me chercher quand tout serait prêt.

Patsie soupira.

– Et dire qu'elle m'a traitée de naïve!

Il rougit.

– Je sais! Mais... je vous le jure : pas un instant, je ne me suis méfié. J'ai tellement l'habitude des caprices de Margot!

– C'est bien là-dessus qu'elle a compté!

– Elle m'a fait attendre une heure. Je tombais de sommeil. Croyant qu'elle avait changé d'avis, je suis allé me mettre en pyjama et je me suis couché. A peine étais-je assoupi que l'on frappait à ma porte.

– C'était sans doute la domestique que vous avez renvoyée?

– Bien sûr! Une autre attendait dans le couloir.

– Mais comment peuvent-elles savoir ce qui s'est passé dans la chambre de Margot? suggéra-t-elle avec un reste d'espoir. Comment peuvent-elles témoigner?

– Margot a hurlé!

– *Hurlé?*

– En arrivant, je l'ai trouvée juchée sur une petite table, occupée à tenir une étoffe contre le mur. Elle a fait un faux mouvement et a failli tomber. Je l'ai rattrapée de justesse, mais, outre que sa chute simulée fit beaucoup de bruit, elle se mit à crier comme une folle.

Patsie, catastrophée, s'effondra dans le canapé.

– Dieu du ciel!

– C'est inimaginable, n'est-ce pas? Ce qui me

surprend c'est qu'elle ait eu le temps de construire tout ce scénario entre Nice et Perpignan.

Patsie réfléchit quelques minutes.

– Peut-être avait-elle préparé son coup de longue date. Elle le gardait dans sa manche, en cas de danger!

– Mais pourquoi?

– N'a-t-elle pas affirmé, avec emphase, qu'elle entendait passer le reste de ses jours au château?

– C'est bien sûr essentiel pour elle. Je suis sûr que c'est la raison principale pour laquelle elle veut m'épouser.

– Il lui fallait trouver une sorte d'assurance au cas où vous ne la demanderiez pas en mariage.

– Vous pensez qu'elle voulait le château, à n'importe quel prix?

– Elle l'a dit elle-même.

Longtemps ils demeurèrent absorbés dans leurs pensées. La première, Patsie rompit le silence.

– Qu'allez-vous faire?

– Essayer de la persuader de ne pas mettre son plan à exécution.

– Croyez-vous que vous y arriverez?

– Pas ce soir en tout cas! Mais je compte bien retourner la voir.

– Vous la rejoindrez à Tours?

– Non. Elle est à Limoges pour deux jours encore, avec les Rimbaud. Je partirai demain matin.

Le cœur de Patsie chavira. Il lui semblait, à en juger par la mine déconfite de Philippe, que Margot avait tout prévu, y compris de le pousser à bout pour l'amener à lui céder plus facilement.

– Et si vous ignoriez ses menaces? suggéra Patsie.

Philippe la dévisagea sans comprendre.

– Vous voulez que je la laisse me traîner en justice?

– Croyez-vous vraiment qu'elle irait jusque-là?

– Bien sûr, répondit-il, rouge de colère. Vous l'avez dit vous-même, il y a cinq minutes à peine.

– Non, répondit-elle doucement, comme si elle venait seulement de se rendre compte de la situation. Je ne faisais que citer Margot. Mais j'y ai réfléchi et je crois maintenant que le prix lui paraîtra trop élevé.

– Cette hypothèse est parfaitement gratuite.

Sa dureté lui fit mal mais elle se rappela l'enjeu de la discussion et continua patiemment :

– Voyez-vous, Philippe, si elle vous traîne devant les tribunaux, quelle que soit l'issue du procès, elle en sortira meurtrie.

– Comment cela ?

– Si vous êtes déclaré coupable, il y aura toujours de bonnes âmes pour imaginer le pire et raconter que c'est elle qui a tout fait pour vous aguicher. Et si au contraire vous êtes acquitté, elle aura l'air d'une sotte.

Il redressa le menton.

– Et alors ? demanda-t-il furieux. Qu'est-ce que cela changera à la situation ? Les jeux seront faits ! Votre raisonnement est valable dans les deux sens, vous savez. Que je perde ou que je gagne, le doute se sera glissé dans l'esprit de ceux qui me respectent.

« Moi y compris ? songea-t-elle amèrement, ou bien mon opinion n'a-t-elle déjà plus d'importance pour lui ? »

– Je vous en prie, Philippe, écoutez-moi sans idée préconçue. A mon avis, Margot n'ira pas si loin. Elle est intelligente. Si vous lui laissez le temps de réfléchir elle se rendra bientôt compte que ses menaces risquent de l'éclabousser et de lui faire beaucoup de tort si elle les met à exécution.

– Vous êtes un merveilleux antidote contre Margot ! s'exclama-t-il joyeusement. Quand je l'ai quittée tout à l'heure, j'avais envie de la tuer. Mais elle n'en mérite pas tant, n'est-ce pas ?

– Je suis sûre que vous trouverez un moyen d'en venir à bout.

– Bien sûr, ne vous inquiétez pas, dit-il en l'embrassant.

17

La soirée passa très vite, trop vite, même. Patsie prépara le dîner, après quoi ils allèrent se promener. La pluie avait enfin cessé et le ciel dégagé était clouté de myriades d'étoiles scintillantes.

– On pourrait presque confondre ce ciel étoilé avec le Têt quand toutes les lumières de Perpignan s'y reflètent et croire que nous sommes encore sur la terrasse de l'hôtel! s'exclama-t-elle en levant la tête.

– On dirait que vous le regrettez, plaisanta-t-il en l'embrassant doucement sur la joue.

– En un sens, il ne me déplairait pas d'en être encore à notre première rencontre. Il y a des tas de choses que je ne referais pas.

– Vous ne tomberiez pas amoureuse de moi, par exemple?

Elle se blottit contre son épaule.

– Cela, je ne voudrais pas le changer pour tout l'or du monde! Quoi qu'il arrive!

– Et tant de choses peuvent arriver, soupira-t-il tristement.

– Oh, dit-elle navrée, j'ai gâché votre belle humeur!

Il ne répondit pas et changea de sujet.

– Si nous parvenons à nous en sortir, murmura-t-il, que va devenir votre carrière, Patsie?

« Quelle carrière? » faillit-elle demander.

Les photographies qu'elle avait prises pour Sydney et les renseignements qu'elle avait glanés pour son reportage lui étaient à ce point sortis de l'esprit qu'elle avait du mal à se reconnaître aujourd'hui dans cette jeune effrontée qui avait osé se vanter de pouvoir faire carrière à *La Revue!*

– Oh! répondit-elle avec sincérité, ma réussite professionnelle ne m'a jamais beaucoup préoccupée!

– J'ai du mal à vous croire.

– C'est pourtant vrai. Je travaillais pour gagner ma vie, jusqu'à ce que...

Elle se tut, brusquement très gênée.

– Jusqu'à ce que Sydney vous demande de l'épouser?

– Même s'il l'avait fait à vingt reprises, jamais je n'aurais accepté.

Il s'arrêta et lui fit face.

– Et si moi je vous le demandais?

Son cœur s'arrêta de battre et sa gorge se noua.

– Posez-moi la question et vous verrez, articula-t-elle avec difficulté.

Le visage de Philippe était éclairé par la lune, ce merveilleux visage qui, depuis qu'elle l'avait aperçu, avait bouleversé sa vie!

– Quand j'aurai résolu mes problèmes avec Margot, dit-il d'une voix voilée par l'émotion, accepterez-vous de devenir ma femme, Patsie Ryan?

– Oh! Philippe!

Elle se jeta dans ses bras.

Le clair de lune sur la Dordogne, les étoiles dans le ciel... tout cela semblait bien terne à côté de l'espoir immense qui les soulevait l'un et l'autre... Bientôt, ils ne seraient plus qu'un!

Toute la matinée, le même chant joyeux résonna aux oreilles de Patsie : Philippe l'avait demandée en mariage et elle avait accepté! Il n'existait pas de refrain plus gai que celui-là! L'absence même de Philippe, reparti pour Limoges, ne parvenait pas à entamer son bonheur!

Elle aurait souhaité le dissuader de faire ce voyage. Mais ils étaient si heureux la veille au soir qu'elle n'avait pas eu le courage de troubler leur bonheur. Philippe semblait si sûr du succès de sa démarche!

Peut-être, après tout, avait-il raison de souhaiter un entretien avec Margot? Il la connaissait mieux que Pastie et devait savoir comment la prendre.

Elle occupa une partie de la matinée à ramasser des noix et des noisettes avec l'étrange sensation de rêver tout éveillée. Que serait sa vie au château en tant que maîtresse de maison? Cette idée la mettait dans un tel état de fébrilité, qu'elle avait du mal à y réfléchir posément. En tout cas, une chose était certaine : aucune des femmes qui y avaient vécu n'avait aimé plus tendrement son époux!

N'était-ce pas l'essentiel? Tout le reste – sa totale méconnaissance des usages du monde, des devoirs d'une maîtresse de maison... – n'était qu'accessoire. Elle apprendrait peu à peu, soutenue par l'amour de Philippe. Elle s'adossa à un tronc d'arbre et ferma un instant les yeux. Ainsi, les rêves, même les plus fous, pouvaient parfois devenir réalité!

Vers 1 heure, alors qu'elle cueillait des dahlias, elle entendit le bruit familier du moteur de la Ferrari.

Elle se précipita au-devant de Philippe et s'apprêtait à lui souhaiter la bienvenue, mais les mots s'étranglèrent dans sa gorge. Philippe avait la même sinistre expression que la veille. De toute évidence, les choses s'étaient mal passées à Limoges.

– Qu'est-il arrivé?

– Elle a enfin accepté de m'écouter, dit-il quand ils furent assis devant l'âtre vide et froid.

– Mais c'est merveilleux! s'exclama-t-elle en scrutant son visage.

– En un sens, peut-être...

– Vous n'êtes pas satisfait?

– Vous connaissez Margot. Il y a toujours des conditions!

– Ce qui signifie?... demanda-t-elle le cœur serré.

– Tant que vous ne serez pas repartie pour Paris, elle ne veut plus rien entendre!

Patsie recula, comme si on l'avait giflée. Ce n'était pas tant l'ultimatum de Margot qui la bouleversait que l'attitude de Philippe. Il n'y avait qu'à le regarder pour se convaincre qu'il avait accepté ses conditions.

– Et vous aussi, vous voulez que je parte?

– Vous savez bien que non.

– Mais vous avez accepté ses conditions.

– Voyons, Patsie! Pour le moment, je négocie, dit-il en rougissant.

Consciente de son embarras, elle ne releva pas sa remarque et poursuivit :

– Que lui avez-vous dit?

Visiblement satisfait du tour que prenait leur conversation, il répondit :

– A propos de ses menaces? Qu'elle n'avait pas réfléchi à toutes les conséquences de sa décision... qu'un tel procès aurait forcément des retombées déplaisantes pour elle aussi... Elle était tout sourire... C'était à peine croyable!

Maintenant elle allait user de son charme, pensa Patsie... et personne au monde n'était plus adorable que Margot quand elle le voulait.

– Elle a reconnu qu'en effet elle n'avait peut-être pas assez sérieusement considéré le problème, continua Philippe, qu'elle serait enchantée d'entendre ce que j'avais à lui dire... Mais lorsque j'ai commencé à parler, elle m'a coupé la parole. « Chaque minute que Patsie passe à la ferme, a-t-elle souligné, aggrave votre cas! »

Patsie s'efforçait au calme.

– Je ne vois pas en quoi? remarqua-t-elle.

Il fronça les sourcils.

– Réfléchissez, Patsie. Si je dois défendre mon honneur et que l'on apprend que, durant toute une semaine, une fille a vécu sous mon toit, sans chaperon, que pensera-t-on?

– Une fille! répéta-t-elle sur un ton qui prouvait combien le choix de ce mot l'avait blessée. Si c'est tout ce que je suis pour vous... une fille!...

Il posa tendrement la main sur son bras.

– Je vous explique ce que les gens sous-entendront.

Mais ces mots sonnaient comme l'écho de ceux de Margot.

– Il ne s'est rien passé ici dont nous puissions avoir à rougir, dit-elle d'une voix tremblante.

– *Nous*, nous le savons. Mais les autres?

– Je ne me suis jamais beaucoup souciée des autres. Vous avez même prétendu que c'était une qualité que vous admiriez en moi!... Ne retournez pas voir Margot, Philippe! supplia-t-elle le visage soudain durci. Soyons nous-mêmes, Philippe, pas ce qu'elle veut que nous soyons. Ne rentrons pas dans son jeu!

– Je ne peux pas prendre un tel risque!

Ces mots la blessèrent plus que tous ceux qu'il avait prononcés jusqu'alors.

– Même pour moi?

– Mais bon sang, Patsie! Tout ce que je fais, je le fais pour vous!

Elle secoua la tête.

– Non! pour votre château!

– Si je n'ai plus de château répliqua-t-il durement, je n'ai plus rien à vous offrir!

– C'est vous que je veux et rien d'autre! s'écria-t-elle en avalant ses larmes.

Il posa les yeux sur elle et toute son agressivité disparut.

– Mais moi, vous m'avez déjà! murmura-t-il en la prenant dans ses bras. Nous allons nous marier, ne l'oubliez pas. Mais d'abord, vous rentrerez sagement à Paris. Je vous appellerai tous les jours. Et quand toute cette affaire sera oubliée, je viendrai vous chercher et notre vie pourra commencer, libre de toute entraves. Ne me croyez-vous pas capable de venir à bout de Margot? demanda-t-il en l'embrassant. Votre amour n'est-il pas assez fort pour me faire confiance?

Malgré elle, les larmes jaillirent.

– Et le vôtre?

Ils restèrent enlacés un long moment. Il lui couvrit le visage de baisers et sa tendresse dissipa toutes les angoisses de Patsie.

Finalement, avec toute la douceur du monde, il la repoussa.

– Allez vite faire votre valise. Je vous emmènerai avec moi jusqu'à Limoges où vous prendrez le train pour Paris.

18

A Paris, c'était déjà l'hiver... dans le cœur de Patsie tout au moins. Après les jours heureux passés sur les bords de la Dordogne, les rues de la capitale lui paraissaient noires et tristes. Habituellement, été comme hiver, elle trouvait toujours dans la « Ville Lumière » des raisons de ne pas céder au découragement; Mais depuis qu'elle avait quitté Philippe sur le quai de la gare de Limoges, elle n'en voyait plus que les aspects rebutants!

Durant son absence, la poussière avait envahi son studio. Sydney était toujours à l'hôpital, sa jambe gauche étant mal ressoudée. Quant à Philippe, en dépit de toutes ses promesses, il ne lui avait pas donné signe de vie depuis qu'elle était rentrée!

Ses pires craintes se confirmaient. Elle avait eu raison de penser que Margot essaierait de vaincre les résistances de Philippe. Peut-être y avait-elle déjà réussi?

Dans un journal du matin elle avait lu, à travers ses larmes, la liste des participants au concours hippique de Limoges. Philippe et Margot y figuraient. A l'heure qu'il était, ils étaient probablement en train de dîner joyeusement avec les Rimbaud. Ils parlaient, riaient... Et Philippe l'avait complètement oubliée, c'était clair. Sa demande en mariage était un caprice d'enfant gâté et inconstant. Dès qu'il avait retrouvé les gens de son monde, il l'avait écartée de son esprit avec autant de facilité qu'il jetait par-dessus bord les sacs de lest de son ballon!

Seule dans son petit appartement parisien, Patsie avait décidé de rendre visite à sa tante puis de chercher un emploi à Londres.

Dans l'après-midi, elle avait porté ses photographies et son article à *La Revue*. Elle n'avait plus rien à faire à Paris!

Tout cela ne manquait pas d'ironie!

Depuis son retour, tous les jours elle était allée

voir Sydney à l'hôpital, mais elle ne lui avait soumis son travail que ce matin.

– Si tu veux avoir la même optique que tes patrons, il faut que tu voies les photos en même temps que le papier! Alors, tu pourras tout critiquer et je ferai les changements nécessaires.

Apparemment il n'y en avait pas. Sydney était enchanté :

– Ma parole, s'était-il exclamé, tu as réussi un chef-d'œuvre!

Deux fois encore il avait examiné les clichés et s'était reporté au texte qu'elle avait mis des jours et des jours à écrire.

– Quel lieu de rêve! Tu en as tiré le maximum. J'ai envie de tout envoyer promener et d'aller voir cela de près. J'imagine fort bien l'effet que ce reportage va produire sur nos lecteurs!

– Je peux l'apporter tel quel au journal? Que vais-je leur raconter? soupira-t-elle la gorge serrée.

– La vérité! Dieu sait combien de temps je vais rester encore ici. Ils vont avoir besoin de quelqu'un. Autant qu'on t'embauche, toi!

– Tu crois sérieusement qu'ils vont m'offrir du travail?

– Et pourquoi pas? Ce que tu as fait est sensationnel! Ce n'est pas cela qui m'inquiète, mais plutôt, toi, dit-il en la dévisageant avec attention. Je ne t'ai jamais vue aussi... comment dire?... abattue! Peut-être la vie de château ne te convient-elle pas?

Elle sourit tristement.

– C'est une chance que je n'aie pas eu à la supporter plus longtemps!

Ses paroles firent renaître un tout petit espoir dans son cœur. Si elle était capable de plaisanter en évoquant son avenir ruiné, peut-être son état n'était-il pas aussi désespéré qu'il y paraissait.

Forte des compliments de Sydney elle était allée présenter son article à *La Revue*.

– Vous comprenez, avait-elle expliqué, la concurrence est telle au journal que Sydney n'a pas osé vous prévenir de son accident. Il craignait de perdre sa place.

La rédactrice en chef avait paru fort contrariée, non pas contre Patsie, comme celle-ci l'avait tout d'abord redouté, mais contre Sydney. Ces cachotteries sur son accident étaient une atteinte à leur amitié. Pourtant elle lui pardonna vite son manque de confiance et, pour le lui prouver, elle lui fit envoyer deux douzaines de roses et une livre de chocolats.

Tandis qu'elle examinait soigneusement les photos de Patsie, cette dernière jeta un coup d'œil autour d'elle : le bureau était ultra-moderne, beaucoup trop froid, mais convenait parfaitement à la personnalité débordante d'activité de la journaliste. Comment serait-elle capable d'apprécier des clichés qui s'attachaient à rendre la beauté du ciel automnal et l'ombre mystérieuse des anciens habitants du château ?

– Sydney se sous-estime, avait enfin déclaré la journaliste en scrutant le visage de Patsie. Certes, la compétition est grande à *La Revue*, mais quand on est le meilleur, on n'a rien à craindre. Or, c'est lui le meilleur, incontestablement... et vous le suivez de près ! Voulez-vous continuer à travailler pour nous ?

C'est à cet instant précis – tant espéré et redouté à la fois – qu'elle avait compris qu'elle voulait quitter Paris.

En entendant la proposition de la rédactrice en chef, quelque chose en elle s'était brisé. Quand elle était partie pour Perpignan, son plus cher désir était de se faire engager à *La Revue*. Maintenant qu'on lui offrait le job, elle trouvait que cela n'avait pas de sens. Il était temps de disparaître !

Elle s'était donc déclarée très flattée, puis s'était sauvée.

De retour à la maison, elle se prépara un café et un sandwich qu'elle fut incapable d'avaler. Elle n'avait qu'une envie : se lever et partir sans un regard en arrière !

Elle marquerait ainsi symboliquement sa rupture avec tout ce qui lui était arrivé depuis qu'elle avait fait la connaissance de Philippe. De toute évidence, il n'était pas arrivé à trouver de solution satisfaisante. Il épouserait donc Margot, malgré le mépris qu'il avait pour elle... plutôt que de prendre le risque de salir son nom ou d'abandonner son château!

Quelle naïveté d'avoir espéré, un seul instant, qu'elle avait plus d'importance à ses yeux que l'héritage de ses aïeux!

Pourtant, elle le savait, rien ne lui ferait jamais oublier la passion que déchaînaient en elle les baisers de Philippe. Au seul rappel de ces instants, elle frissonna, gagnée par un désir irrésistible.

Quelle sotte elle avait été de ne pas se laisser aller à son amour puisque seuls ces souvenirs lui donnaient le courage de continuer à vivre.

Si elle lui avait cédé comme elle avait été bien près de le faire, ils auraient passé cette nuit-là et les suivantes dans les bras l'un de l'autre et peut-être serait-il resté auprès d'elle à la ferme, sourd aux menaces de Margot?

Pour quoi avoir voulu à tout prix préserver sa pureté? Philippe s'en souciait fort peu, pas assez en tout cas pour qu'il songe à lui rester fidèle.

Son amour pour Philippe avait tout gâché : sa vie à Paris, son travail à *La Revue*...Tout ce qui lui plaisait avant de le rencontrer avait maintenant perdu toute saveur.

C'était intolérable! Ses moindres actes, ses moindres paroles, ses moindres pensées tournaient sans cesse autour de Philippe. Elle devait secouer ce joug, partir, s'éloigner. La fuite était la seule solution. L'Irlande, sa tante... la paix, la tranquillité... enfin!

19

Durant les jours qui suivirent, Patsie s'activa fébrilement à faire ses bagages. Plus déprimée et plus lasse que jamais, le moindre geste l'épuisait. A la fin de la journée, elle avait l'impression d'avoir passé son temps à déménager des armoires.

Le matin de son départ, elle déposa ses valises à la gare avant de se rendre à l'hôpital pour dire au revoir à Sydney.

Quand elle entra dans sa chambre, il était au téléphone. Dès qu'il la vit, il raccrocha précipitamment.

– Patsie! Dieu soit loué! Je craignais de ne plus pouvoir te joindre!

– Je t'avais pourtant dit que je ne partirais pas sans venir t'embrasser! Qu'est-ce qui ne va pas?

– Rien ne va! Le journal a appelé au moins une douzaine de fois!

– *La Revue?* Mais en quoi cela me concerne-t-il?

– En tout! s'exclama-t-il vivement. Tu dois retourner au château.

– Au château de Vignan? reprit-elle incrédule. Pour rien au monde je n'y remettrai les pieds!

– On ne te demande pas ton avis. Tu pars tout à l'heure; on vient te chercher en avion.

– Mais je prends le train pour Le Havre à 18 h 30.

– A 18 h 30 tu seras en train de te préparer pour assister à un bal costumé. Attends une minute, dit-il en décrochant le téléphone. Je rappelle la rédaction; je t'expliquerai ensuite.

Elle tendit le bras pour lui prendre l'appareil des mains.

– Mais enfin, Sydney! Qu'est-ce que cela signifie?

– Une minute... On attend au journal. Ils doivent rappeler Philippe d'Olemane.

– Il n'en est pas question!

– Patsie, sois raisonnable, la rédactrice en chef est dans tous ses états!

– Cela ne me regarde pas.

– Au contraire, cela te concerne au premier chef! Assieds-toi ou je te tords le cou!

– Encore faudrait-il que tu puisses m'attraper!

– Si tu sors d'ici, je me retrouve du même coup au chômage!

Sydney, habituellement si calme, paraissait tellement soucieux qu'elle n'osa pas lui désobéir. Terrifiée, elle l'entendit déclarer, au téléphone, qu'elle serait à l'aéroport dans une heure.

– Seigneur Dieu! s'exclama-t-il en reposant le récepteur, si tu n'étais pas venue, je ne sais pas ce que j'aurais fait!

– Pour le moment, la seule chose qu'il te reste à faire, c'est de me fournir des explications. De toute façon, quels que soient ces éclaircissements, je refuse de retourner à Vignan.

– Un point de détail, ma chère Patsie : tu as tout simplement oublié de montrer ton article à M. d'Olemane et de rapporter son bon à tirer!

Patsie écarquilla les yeux, sans comprendre.

– Aucun journal ne peut se permettre de publier ce genre de reportage sans le soumettre à l'approbation de l'intéressé, expliqua-t-il patiemment. Je te l'avais rappelé. Je t'avais même donné un imprimé à lui faire signer.

Elle pâlit.

– Le bon à tirer! Cela m'est complètement sorti de l'esprit, après... Philippe d'Olemane n'y a jamais fait allusion.

– Il n'avait pas à le faire; c'était à toi de le consulter. Il est furieux. Il paraît que tu ne lui as même pas fait voir les photos! Bon sang! Patsie, où avais-tu la tête?

Complètement désarçonnée, elle sentit la pièce vaciller autour d'elle. D'une voix à peine audible, elle répondit :

– A mon arrivée, il a en effet exigé de lire tout ce que j'écrirais et de choisir lui-même les clichés.

– C'était son droit le plus strict; après tout, c'est son château! Il est normal qu'il veuille savoir comment on va le présenter à nos lecteurs.

– Mais par la suite il n'en a plus parlé, protesta Patsie. Il s'est complètement désintéressé de l'article et des photos!

Incrédule, Sydney s'écria :

– Que pensait-il que tu faisais chez lui, alors?

– Il... Nous... Oh! c'est trop compliqué. Ne me demande pas d'explications, je t'en prie.

– Mais la rédaction exige une explication! soupira-t-il. Oh, et puis zut! on verra bien! Pour le moment, le plus important, c'est le bal. Tu vas te rendre sur place, prendre des photos formidables... cela leur fera peut-être oublier de te soumettre à un interrogatoire serré.

– Je ne vois pas le rapport avec le bal.

– Enfin, Patsie! s'exclama-t-il. Tu es tombée sur la tête ou quoi? Ne comprends-tu pas? Philippe d'Olemane veut des réparations. Il nous tient, il peut nous ruiner. Ce soir, dans son château, a lieu ce fameux bal costumé. D'après la rédactrice en chef, M. d'Olemane a expliqué qu'il le donnait en l'honneur d'un événement capital, l'événement le plus important de sa vie. Il veut des photos, un papier... enfin tout le truc habituel!

Elle le regardait, l'air hébété.

L'événement le plus important de sa vie, songea amèrement Patsie. L'annonce de son prochain mariage avec Margot... et il veut que je sois le témoin de cette trahison!

– Je ne peux pas y aller, Sydney. Trouve quelqu'un d'autre.

– Il n'acceptera personne d'autre! cria-t-il presque. Ecoute-moi. C'est toi qui as fait l'article. Si on n'y ajoute pas le bal, le « bouquet », Dieu seul sait ce qui arrivera! Il a le bras long. Je te le répète, il peut ruiner le journal.

Sydney se laissa aller sur ses oreillers et ferma les yeux.

– Pourquoi diable t'ai-je écoutée? Pourquoi t'ai-je laissé faire ce reportage à ma place!

– Tu avais l'air plutôt content quand je t'ai montré les clichés! dit-elle en retrouvant ses esprits.

– C'était avant que le ciel ne nous tombe sur la tête! soupira-t-il en rouvrant les yeux. Patsie, si tu as deux sous de pitié tu prendras cet avion sans faire d'histoires et tu termineras le reportage. Je ne peux pas me permettre d'être renvoyé de *La Revue*. Je ne retrouverai jamais de travail ailleurs!

– C'est donc si grave?

– C'est capital, je t'en prie, Patsie!

Quand, en fin d'après-midi, Patsie arriva au château, il y régnait une activité inaccoutumée. Les couloirs retentissaient des pas pressés des femmes de chambre et des petites mains allant çà et là apporter une dernière retouche aux costumes des invités. L'atmosphère était remplie de rires, de bavardages et de senteurs de toutes sortes.

L'appareil de photo en bandoulière, Patsie gagna lentement l'extrémité de l'aile sud où l'avait dirigée la secrétaire qui, à l'entrée, accueillait les nouveaux venus. Elle passa devant le somptueux appartement qu'elle avait occupé la dernière fois et découvrit avec surprise que la pièce qui lui était réservée était à peine plus grande que le boudoir de sa précédente chambre.

Des bribes de conversations et des éclats de voix l'attirèrent à la fenêtre. Philippe sablait le champagne avec des amis. En le voyant si à l'aise parmi ses invités, son cœur se serra.

Comme le cœur est traître! Elle avait sous les yeux l'homme qui l'avait assurée de son amour éternel quelques semaines plus tôt et qui, après l'avoir laissée sans nouvelles pendant des jours et des jours, poussait la cruauté jusqu'à l'obliger à affronter l'épreuve la plus pénible qu'elle eût jamais endurée : assister à ses fiançailles avec une autre, et malgré cela, elle ne pouvait s'empêcher de l'aimer!

Comment était-ce possible?

En le regardant, en l'écoutant rire, elle était bien obligée de se rendre à l'évidence. Elle en était follement éprise. L'aimerait-elle toujours? Son seul nom continuerait-il, même après plusieurs années, à la faire trembler de la sorte? Se souviendrait-elle toujours avec autant d'émotion de ses baisers, de ses caresses?

Elle quitta l'appui de la fenêtre, se demandant si elle parviendrait à tenir jusqu'à la fin de la soirée et si elle serait assez forte pour supporter de voir le triomphe de Margot.

Une jeune soubrette tout excitée frappa à la porte :

— Voilà votre costume, mademoiselle.

Patsie la fit entrer : elle apportait une robe de velours vert émeraude. « La couleur de mes yeux », songea Patsie, éberluée.

— Il y a sûrement une erreur, dit-elle vivement. J'ai déjà prévu un déguisement.

Sydney l'avait avertie qu'on lui avait fait préparer un costume de fermière et qu'elle pourrait passer le prendre avant de partir pour l'aéroport. Il était là, sur la table, à côté de son sac de voyage.

— Vous êtes bien mademoiselle Ryan?

Patsie fit oui de la tête.

— Alors c'est pour vous, dit-elle en installant la robe sur un cintre. Et voici vos bijoux, ajouta-t-elle en tendant à Patsie un écrin de soie blanche. Dois-je vous envoyer l'habilleuse tout de suite ou préférez-vous prendre un bain d'abord?

— L'ha... l'habilleuse, balbutia Patsie, sans réfléchir.

Dès qu'elle fut seule, elle ouvrit l'écrin. Un admirable collier d'émeraudes et de diamants y scintillait de tous ses feux.

« Une imitation, bien sûr! se dit-elle. Mais joliment réussie! »

Elle ne résista pas au plaisir de l'essayer. Les pierres faisaient ressortir la délicatesse de son teint et le vert de ses yeux qui, pour la première fois depuis qu'elle avait quitté Philippe sur le quai de la gare à Limoges, retrouvaient un peu de leur éclat.

Qui lui avait envoyé ces merveilles? se demanda-t-elle en admirant la robe au velours chatoyant.

Sûrement pas Margot! Elle avait peut-être choisi cette chambre, mais ni la robe ni les émeraudes.

Martine, alors? C'était la seule possibilité. Comme c'était adorable de sa part! La tante de Philippe avait dû deviner que son amie journaliste aurait bien besoin d'un peu de réconfort pour l'aider à supporter cette soirée pénible entre toutes! Margot prétendait que ses sentiments pour Philippe se lisaient sur son visage. Martine avait dû s'en apercevoir et l'avait prise en pitié.

Quelle qu'en soit la raison, l'idée de paraître au bal aussi somptueusement vêtue lui remonta un peu le moral. Quand l'habilleuse arriva, elle put lui sourire et écouter sans trop d'amertume ses commentaires sur la soirée.

L'immense salle était encore déserte. La décoration était très réussie et restituait admirablement l'époque médiévale. La solennité du lieu était impressionnante et Patsie s'arrêta en tremblant sur le seuil. Elle avait parfaitement conscience qu'elle aurait dû prendre des photos d'ensemble avant l'arrivée des invités, mais elle était paralysée.

Margot s'était surpassée. Si telle était sa manière de recevoir, Philippe devait être fier d'elle. Chaque détail était parfait.

– Ah! vous voilà enfin!

Patsie se retourna et se trouva nez à nez avec Philippe. Il était arrivé sans bruit. Son costume lui allait à merveille. Un vrai chevalier, grand, mince, large d'épaules, un léger sourire aux lèvres. Sa voix grave résonna de façon troublante.

– Je vous cherchais.

Quand Patsie retrouva enfin l'usage de la parole et qu'elle fut certaine de pouvoir parler sans bégayer, elle déclara froidement :

– Pensiez-vous que j'oserais désobéir à vos ordres?

Quelque chose dans le regard de son interlocuteur changea imperceptiblement.

– Seriez-vous venue si je n'avais pas été aussi impératif?

— Certainement pas!

— C'est bien ce que je pensais!

— Pourquoi serais-je venue? Je n'ai rien à faire ici!

— Il semble bien que si, reprit-il en jetant un coup d'œil à son appareil.

Patsie ne put s'empêcher de rougir.

Certes, elle était déguisée tout comme les autres invités, mais personne ne pourrait ignorer qu'elle n'en était pas une : son appareil était là pour en témoigner. Elle irait de-ci de-là à l'affût d'une expression, d'un détail de décoration particulièrement réussi... Elle serait la seule représentante du XXᵉ siècle, aussi déplacée dans cette riche assemblée de seigneurs du temps passé que dans la vie de Philippe d'Olemane! Voilà ce qu'il avait voulu lui signifier en la faisant venir. On ne pouvait imaginer de procédé plus cruel.

— Je vous méprise, murmura-t-elle.

Il l'a regarda gravement.

— Vous pensez que je vous ai trahie?

— Vous avez fait pire! Vous avez abusé de ma confiance et maintenant vous prenez plaisir à m'humilier! Vous devez être content!

— De vous voir ici? Plus que vous ne pouvez l'imaginer, répliqua-t-il en la couvant du regard.

— Vous ne pouviez mieux choisir votre future épouse! murmura-t-elle, la voix brisée. Vous allez bien ensemble!

— Je l'espère, répondit-il avec le plus grand calme. Mon vœu le plus cher est qu'elle soit parfaitement heureuse avec moi et moi avec elle!

— Elle le sera, n'en doutez pas! Le château ne sera-t-il pas sa demeure?

— Ainsi que la ferme!

La ferme! Elle tressaillit. L'endroit qu'elle aimait le plus au monde! C'était plus qu'elle n'en pouvait supporter! Elle était trop malheureuse!

— Excusez-moi, murmura-t-elle. J'ai du travail.

— Pas maintenant!

Avant qu'elle ait compris ce qui se passait, il lui avait pris l'appareil des mains.

– Mais de quel droit? protesta-t-elle. Dans quelques minutes vos invités vont envahir la salle et je n'ai encore pris aucune vue d'ensemble!

– Aucune importance.

– Ah! je vois! s'exclama-t-elle, furieuse. Vous m'avez obligée à venir et maintenant vous cherchez à m'empêcher de travailler. A quel jeu jouez-vous? Vous tenez à ce que je rentre à Paris les mains vides pour avoir la joie de porter plainte, et de ruiner le journal! C'est cela, n'est-ce pas? murmura-t-elle, très pâle. Quand vous avez une idée en tête, vous allez jusqu'au bout. Rien ne vous arrête.

– Pas toujours, répondit-il, imperturbable, à l'exception d'un petit muscle qui tressaillit sur sa joue, mais cette fois... cette fois, seule la perfection pourra me satisfaire!

– Patsie, ma chérie!

Martine, couverte d'or des pieds à la tête, se précipitait vers eux le sourire aux lèvres.

– Dieu, que vous êtes belle! Je suis si contente de vous voir! Ce vert vous va à ravir, vous n'auriez rien pu mettre de plus seyant!

– Grâce à vous... Maintenant, j'aimerais bien récupérer mon appareil-photo...

– Oh! non, ma chère, pas ce soir! Philippe?

Elle se retourna pour quêter l'approbation de son neveu, mais il avait déjà disparu.

20

Tandis que les invités, tous somptueusement déguisés, se mettaient en place pour le défilé qui devait ouvrir le bal, Patsie se réfugia dans un coin de l'entrée.

Sans appareil, son rôle de photographe n'avait plus de raison d'être et, sans cavalier, elle se sentait tout à fait déplacée dans cette brillante assemblée. Philippe était un monstre!

Tremblante de rage, elle le regarda fendre la foule et s'approcher de Margot pour conduire le cortège. Aux premiers accents de l'orchestre, le spectacle commença.

Ses cheveux blonds tressés et ramenés en diadème autour de sa tête, Margot était ravissante dans sa robe de satin blanc rebrodée de dentelles. Que porterait-elle le jour de son mariage? Elle ne pouvait se permettre d'être moins élégante que ce soir et il semblait impossible d'imaginer quelque chose de plus somptueux. Quelle ironie, songea la jeune fille, si elle était finalement victime de sa propre superbe!

Patsie ne s'abandonna pas longtemps à ces considérations mesquines. Au contraire, honnêtement, elle dut reconnaître que Philippe, avec ses cheveux noirs, son pourpoint marron et sa culotte collante qui mettait en valeur ses longues cuisses et le galbe de ses mollets, semblait être le négatif de la blonde Margot. Ils formaient un couple époustouflant et les murmures d'admiration qui s'élevaient sur leur passage le prouvaient à l'envi. Ils semblaient sortis tout droit d'un livre de contes de fées.

Si Patsie avait été seule, elle aurait tourné les talons et pris la fuite. Mais quand l'orchestre avait entamé le premier morceau, elle avait senti une main se poser sur son bras et découvert que Martine l'avait rejointe. Maintenant, la vieille dame, béate d'admiration, s'accrochait à elle pour regarder le défilé.

— Quelle merveille! soupira-t-elle.

— Stupéfiant! parvint à dire Patsie.

Exactement ce qu'elle était censée photographier. Qu'allait devenir le pauvre Sydney? Comment arriverait-elle à lui expliquer l'attitude impitoyable de Philippe?

Une nouvelle fois, Philippe et Margot les frôlèrent en dansant. Le regard du châtelain croisa le sien, mais elle détourna aussitôt les yeux. C'était plus qu'elle n'en pouvait supporter!

— Excusez-moi, murmura-t-elle à la vieille dame en essayant de s'éloigner, mais Martine la retint.

– Le plus beau va commencer. Vous ne devez pas rater cela!

– Laissez-moi partir, je vous en supplie.

Mais Martine semblait à mille lieues d'imaginer le supplice qu'endurait Patsie.

– Regardez, dit-elle. Philippe fait signe aux musiciens de s'arrêter. Il va annoncer quelque chose.

Dès que le silence se fit, les invités s'immobilisèrent. Philippe monta sur une sorte d'estrade et prit la parole.

– Mes chers amis! On attend généralement les douze coups de minuit pour faire ce genre d'annonce...

Il fit une pause et regarda Margot.

– Mais ce soir, je désire vous informer tout de suite des heureuses raisons pour lesquelles j'ai donné ce bal, afin que nous puissions nous en réjouir ensemble toute la soirée.

Pas un murmure ne troublait le silence et Patsie pensa que si elle s'évanouissait, Martine ne s'en apercevrait même pas. *Philippe et Margot*. Depuis des jours elle avait envisagé la possibilité de leur prochain mariage, mais maintenant qu'approchait l'instant fatal, elle ne pouvait contenir son chagrin. Philippe perdu pour toujours! La vie valait-elle encore la peine d'être vécue?

La voix de Philippe résonna à nouveau :

– Vous aurez d'ailleurs deux raisons de vous réjouir.

» D'abord je voudrais vous présenter Margot, ma pupille, héritière de la très ancienne famille des Sainte-Croix.

A travers un épais rideau de larmes, Patsie vit la blonde jeune fille sourire et plonger dans une gracieuse révérence à l'adresse de l'assistance éblouie. Elle était très belle, aussi belle qu'égoïste et cruelle. Et tout à coup Patsie comprit que le plus dur à supporter pour elle, c'était de savoir que Margot serait la perte de Philippe. N'y avait-il rien à faire pour empêcher ce mariage? Hurler? Provoquer un scandale? Mettre tout en œuvre pour ridiculiser Margot? Comment réagirait Philippe? L'épouserait-il malgré tout?

Il continua.

— A dater de ce jour Mlle Sainte-Croix devient le chef de sa famille. Elle prendra prochainement possession de son domaine dans l'île de Sainte-Croix, aux Caraïbes.

— Où je convie chacun d'entre vous à venir me rendre visite, intervint Margot d'une voix claire.

Les applaudissements éclatèrent. L'air hagard, Patsie regardait Margot recevoir les félicitations de ses amis, un radieux sourire aux lèvres.

— La moitié du globe vous séparera, est-ce une distance suffisante? murmura Martine près d'elle.

— Mais Sainte-Croix... Qu'est-ce que cela signifie? demanda Patsie d'une voix étrange. Est-ce une résidence d'été pour eux deux?

Philippe épargna à Martine la peine de répondre. Il leva la main et réclama à nouveau le silence.

— La seconde raison pour laquelle vous devez vous réjouir...

Les acclamations cessèrent. Patsie vacilla. « Cette fois nous y sommes! Dans quelques secondes, tout le monde va être au courant et moi... je n'aurai plus qu'à mourir... »

La voix de Philippe remplissait l'énorme salle :

— Le jour où mon arrière-petite-cousine Margot entre en possession de son héritage, j'ai moi aussi une grande nouvelle à vous communiquer : je vais prendre femme!

Chacun reprit son souffle et le visage de Philippe s'illumina d'un sourire.

— J'ai le plaisir et le grand bonheur de vous présenter ma future épouse, l'héritière de Land's End et la future maîtresse du château de Vignan : Mlle Patsie Ryan.

La foule qui applaudissait s'écarta, et Patsie, complètement abasourdie, vit Philippe s'avancer vers elle.

— Ma chère enfant! murmurait Martine, comme je suis heureuse!

Doucement, Philippe prit Patsie par la taille et la conduisit au centre de la salle de bal.

Comme dans un rêve, elle vit une douzaine de laquais en costume d'époque offrir du champagne aux invités. L'un d'eux fit un pas en avant et proposa un toast qui fut accueilli avec enthousiasme. Au milieu des rires et des acclamations, on entendit tinter le fin cristal des coupes.

Patsie, toujours médusée, se tourna vers Philippe.

– Je rêve, n'est-ce pas? Tout cela n'est qu'un rêve!

– Oui, mon amour, répondit-il en l'attirant à lui. Mais ce rêve durera toute notre vie et, Dieu merci, nous n'aurons jamais à nous réveiller!

Les premières lueurs de l'aube filtraient à travers les baies vitrées du jardin d'hiver. Patsie, blottie dans les bras de Philippe, écoutait battre son cœur.

– Vous avez pris un très gros risque, murmura-t-elle. J'aurais très bien pu vous dire « non » devant tous vos amis.

– Je n'aurais pas pu vous en blâmer, mais je serais immédiatement allé me loger une balle dans la tête.

– L'opinion de vos amis vous importe-t-elle donc tant? plaisanta-t-elle gentiment.

– Vous seule avez de l'importance pour moi! Ce que je ne comprends pas, c'est pourquoi j'ai mis si longtemps à m'en apercevoir.

– Vous avez des excuses! répondit-elle gaiement. J'aimerais bien d'ailleurs que vous m'expliquiez comment vous avez réussi à résoudre tous vos problèmes, ajouta-t-elle plus sérieusement.

– Laissez-moi d'abord vous embrasser, dit-il en lui effleurant la joue de ses lèvres.

Il l'enlaça et lui prit la bouche avec une telle fougue qu'elle en frémit des pieds à la tête.

A regret elle se dégagea et l'entraîna sur le sofa, près de la fenêtre.

– Venez, dit-elle. Asseyons-nous et racontez-moi. J'ai attendu sagement toute la soirée.

– Vous m'avez semblé joyeuse, insouciante, effrontée, merveilleuse... mais pas impatiente pour deux sous!

– Vous étiez si occupé à me faire plaisir que vous n'avez rien remarqué.

Incapable de lui résister, elle lui tendit ses lèvres.

Pendant un long moment, tandis que l'aube commençait à blanchir l'horizon, ils demeurèrent enlacés, les belles mains bronzées de Philippe caressant les courbes gracieuses et le doux ovale de Patsie.

– « La jeune fille du pré », murmura-t-il. Ma délicieuse Patsie!

– Quand pourrons-nous refaire un voyage en ballon?

Il soupira.

– L'hiver arrive... mais si les vents nous sont favorables... La date de notre mariage m'intéresse infiniment plus! chuchota-t-il à son oreille.

– Que ces mots sont doux à mon cœur! J'avais abandonné tout espoir de les entendre jamais! Lorsque Sydney m'a appris que vous exigiez ma présence au bal, je vous ai détesté. Votre prétention était intolérable! Mais...

– Allez-y, puisque nous en sommes aux confidences!

– Quand je vous ai vu, sous ma fenêtre, discuter avec vos amis, j'ai compris que je vous aimais toujours, en dépit de tout ce que vous aviez fait ou pourriez faire.

– C'est exactement ce que j'ai ressenti après votre départ pour Limoges. L'idée de me retrouver en face de Margot m'était insupportable. J'ai marché pendant des heures. Je vous voyais partout. Une partie de moi-même venait de s'en aller avec vous et... j'espérais, je priais le ciel de m'aider dans mon entreprise. Il fallait à tout prix que j'arrive à convaincre Margot, que je réussisse à aplanir les obstacles qui me séparaient encore de vous, ma chérie...

» Quand je suis rentré à l'hôtel, Margot m'attendait, de fort méchante humeur. Je l'ai laissé crier, menacer, tempêter. Quand elle s'est tue, je lui ai déclaré calmement que tout ce qu'elle dirait ou ferait m'était complètement indifférent.

– Mais ce n'était pas vrai!

– Si! J'avais enfin compris que je ne pouvais vivre sans vous. Vous seule comptiez. J'ai prévenu Margot qu'elle pouvait me traîner devant les tribunaux, publier toutes sortes d'horreurs sur moi, rien ne me ferait changer d'avis : jamais je ne l'épouserais!

– Philippe! Comment avez-vous pu faire une chose pareille? Et le château?

– Vous m'êtes infiniment plus précieuse. Il m'a fallu presque vous perdre pour en prendre conscience.

Une fois encore ils s'étreignirent. Patsie, toute à l'émerveillement de son amour, s'abandonna sans réticence.

Quand ils se séparèrent, elle poursuivit :

– Je ne comprends toujours pas comment vous avez fait pour convaincre Margot de changer d'avis. Mais peut-être n'est-ce pas le cas... Oh, non! Elle ne va pas...

– Mettre ses projets à exécution? Non, la rassura-t-il. Le bal n'aurait pas eu lieu si elle ne s'était pas calmée. Elle a cédé hier seulement et mon problème a été alors de trouver un moyen de vous attirer ici.

– Vous ne m'avez pas répondu. Comment avez-vous amené Margot à faire volte-face? Vous avez dû employer des arguments de poids.

Il secoua la tête.

– D'abord, le jeu n'en valait plus la chandelle : à partir du moment où elle a senti que rien ne me ferait revenir sur ma décision, à quoi bon continuer à me défier...? Et puis... comme vous l'aviez prévu, elle a réfléchi. Elle est capable du pire mais elle est loin d'être sotte. Elle a compris que ce procès lui nuirait autant qu'à moi... plus peut-être. Si seulement j'avais réagi plus vite! Que de tourments nous nous serions épargnés!

Patsie se serra davantage contre lui et murmura tout contre son oreille :

— Peut-être alors n'auriez-vous pas donné ce somptueux bal en mon honneur? Et je n'aurais jamais eu l'occasion de porter une aussi belle robe!

— Vous ne m'avez pas dit ce que vous pensiez du collier?

— Il est splendide! s'exclama-t-elle en le caressant.

— C'est votre cadeau de fiançailles. Il a été offert à Eugénie de Montserrat, il y a trois siècles. Depuis cette époque, toutes les femmes de la famille le portent à tour de rôle.

Elle sursauta et, d'un bond, fut debout :

— Ce n'est pas un faux? Ce sont de vraies émeraudes et de vrais diamants?

Il rit.

— Bien sûr!

— Oh, Philippe! je ne me rendais pas compte. J'ai cru... que c'était une imitation, balbutia-t-elle en se passant la langue sur les lèvres.

— Mais vous l'aimez?

— Comment pourrait-il en être autrement? Oh! comment pourrais-je être un jour la maîtresse du château de Vignan, je n'arrive même pas à faire la différence entre un bout de verre et une véritable pierre! Nous ne sommes pas du même monde.

» Avez-vous une idée de la valeur de ce collier? Cela dépasse, et de beaucoup, ce que mon père aurait pu gagner en deux vies de labeur! Je n'ai ni l'aisance, ni le savoir-faire, ni aucune des qualités que devrait avoir votre femme. Je serai pour vous une constante source d'embarras.

— M'aimez-vous? répliqua-t-il pour toute réponse.

Elle revint se blottir dans ses bras.

— Vous savez bien que oui! Tout ce que j'ai vécu avant de vous connaître me semble irréel et perdu dans la nuit des temps.

— Alors, murmura-t-il en relevant vers lui le petit visage inquiet, vous êtes tout ce que je désire au monde et je ne saurais trouver de meilleure épouse!

– Ce que vous venez de dire me comble de joie mais ne résout pas mon problème pour autant. Je vais passer ma vie à faire des gaffes. Je viens de faire la première avec ce collier et, hélas, ce ne sera pas la dernière!

– Un jour vous m'avez fait un cours sur l'amour, déclara-t-il avec un sourire amusé. « Il existe indépendamment de l'attirance physique, disiez-vous... indépendamment du délire des sens... » Ce sont vos propres paroles, je crois. Eh bien, laissez-moi ajouter quelque chose : l'amour se joue de tous les obstacles. Grâce à vous, j'y crois aujourd'hui, et rien ne pourra m'ôter ma foi. Nous surmonterons toutes les difficultés, j'en suis sûr. Ayez confiance, Patsie!

– Je ne demande pas mieux! chuchota-t-elle. Je ne peux pas vivre sans vous!

– Ni moi sans vous! Et puis, plaisanta-t-il, vous m'avez donné votre parole, ce soir, devant des centaines de gens. Vous ne pouvez la reprendre.

– Je n'en ai nulle envie. Mais j'ai peur!

Il la serra sur son cœur.

– Il n'y a pas de place pour la peur dans notre vie. Nous avons librement choisi notre destin et nous ferons de nos existences une réussite merveilleuse. Si nous rencontrons des difficultés, nous les résoudrons ensemble.

– A vous entendre, tout paraît si fantastiquement simple, soupira-t-elle.

– Mais tout est simple. Auriez-vous imaginé, hier encore, que nous serions ici ce soir en train de faire des projets d'avenir?

– Certainement pas!

– Vous voyez! Tout peut arriver, mon amour.

Les doutes de Patsie s'évanouissaient peu à peu. Il l'enlaça plus tendrement encore.

– Philippe, je vous aime, murmura-t-elle. Mais dites-moi... Margot... est-elle heureuse, elle aussi?

– Autant qu'elle peut l'être, sans doute!

– Je ne peux pas croire qu'elle va quitter la

France. Et ses amis? Et cette vie mondaine qui compte tellement pour elle?

— Elle n'y renoncera pas, au contraire. Sa nouvelle vie sera plus internationale. Rien ne pourrait lui plaire davantage! Le château de Sainte-Croix est un véritable palais! Je n'ai jamais beaucoup aimé y séjourner, aussi n'est-ce pas un gros sacrifice de lui en faire cadeau. Elle y passera tous les hivers et sera reçue l'été par tous ceux qu'elle aura accueillis. C'est exactement le genre d'existence dont elle a toujours rêvé.

— Ainsi, vous avez dû la dédommager? demanda Patsie en faisant un effort pour ne pas paraître déçue.

— Pas le moins du monde. C'est seulement ce soir que j'ai décidé de lui faire ce présent. La seule concession que je lui avais accordée, c'était la permission d'assister au bal. Après tout, elle avait tout organisé!

— Elle savait que vous alliez annoncer nos fiançailles?

— Evidemment! Et Martine aussi... J'avais besoin de quelqu'un pour vous surveiller, ajouta-t-il en lui pressant la main. J'avais tellement peur que vous ne vous sauviez!

— J'ai essayé... A propos, vous êtes un démon de m'avoir volé mon appareil-photo!

— Je ne pouvais tout de même pas présenter ma fiancée avec cette mécanique entre les mains!

— Pourquoi pas? Vous aviez fait un tel scandale à *La Revue*. Pauvre Sydney, il en était malade. Que va-t-il faire? Je n'ai pas un seul cliché à lui envoyer.

— C'est parfait! Une fois dans ma vie j'ai autorisé un reporter à entrer dans ma demeure, vous voyez le résultat! Jamais plus, vous m'entendez!

Elle sourit.

— Mais Sydney? Il était furieux que je ne vous aie pas fait signer de bon à tirer. Il est menacé de perdre son emploi...

— Ne vous inquiétez pas. Dès que j'ai su que vous étiez arrivée, j'ai appelé le journal et j'ai donné mon accord complet sur tout. Soyez tranquille, ce matin tout le monde nage dans la joie à Paris!

Les rires des derniers invités regagnant leurs chambres résonnèrent gaiement à leurs oreilles.

– Ici aussi, tout le monde est heureux, murmura Patsie en levant vers Philippe un visage rayonnant de bonheur, particulièrement Philippe d'Olemane, comte de Vignan, et la modeste héritière de Land's End, Patsie Ryan!

43   JEANNE STEPHENS
Par-dessus les moulins

Désespérée, restée seule pour élever
son neveu, Caroline va-t-elle céder
à l'odieux chantage de Jeremy Revell,
le frère de celui qui est responsable de tout?
Qu'il aille au diable! S'il s'imagine
qu'il est irrésistible!

44   DIXIE BROWNING
Oiseau de Paradis

Invitée par Jill à passer des vacances
au Mexique, Hannah s'aperçoit
que sa sœur compte sur elle pour jouer
les bonnes d'enfants, la laissant libre
ainsi de se consacrer tout entière
à séduire Lucian Trent...

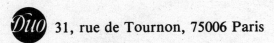 **31, rue de Tournon, 75006 Paris**

diffusion
France et étranger : Flammarion, Paris
Suisse : Office du Livre, Fribourg
diffusion exclusive
Canada : Éditions Flammarion Ltée, Montréal

Achevé d'imprimer sur les presses de l'imprimerie Brodard et Taupin
7, Bd Romain-Rolland, Montrouge. Usine de La Flèche,
le 30 avril 1982. ISBN : 2 - 277 - 80039 - 2
6784-5 Dépôt Légal avril 1982. Imprimé en France